청소년을
위한
소설심리
클럽

울고 있니, 너?

초판 1쇄 펴낸날	2012년 4월 2일
초판 10쇄 펴낸날	2023년 4월 14일
지은이	듀나 박상률 박정애 이경혜 전아리 정승희
펴낸이	홍지연
기획	온라인청소년문학관 글틴
사진	백다흠
편집	홍소연 고영완 이태화 전희선 조어진 서경민
디자인&아트디렉팅	정은경디자인
디자인	권수아 박태연 박해연
마케팅	강점원 최은 신종연 김신애
경영지원	정상희 곽해림
펴낸곳	㈜우리학교
출판등록	제313-2009-26호(2009년 1월 5일)
주소	04029 서울시 마포구 동교로12안길 8
전화	02-6012-6094
팩스	02-6012-6092
홈페이지	www.woorischool.co.kr
이메일	woorischool@naver.com

ⓒ듀나·박상률·박정애·이경혜·전아리·정승희, 2012
ISBN 978-89-94103-37-2 44810
　　　978-89-94103-36-5 44810 (전5권)

- 책값은 뒤표지에 적혀 있습니다.
- 잘못된 책은 구입한 곳에서 바꾸어 드립니다.

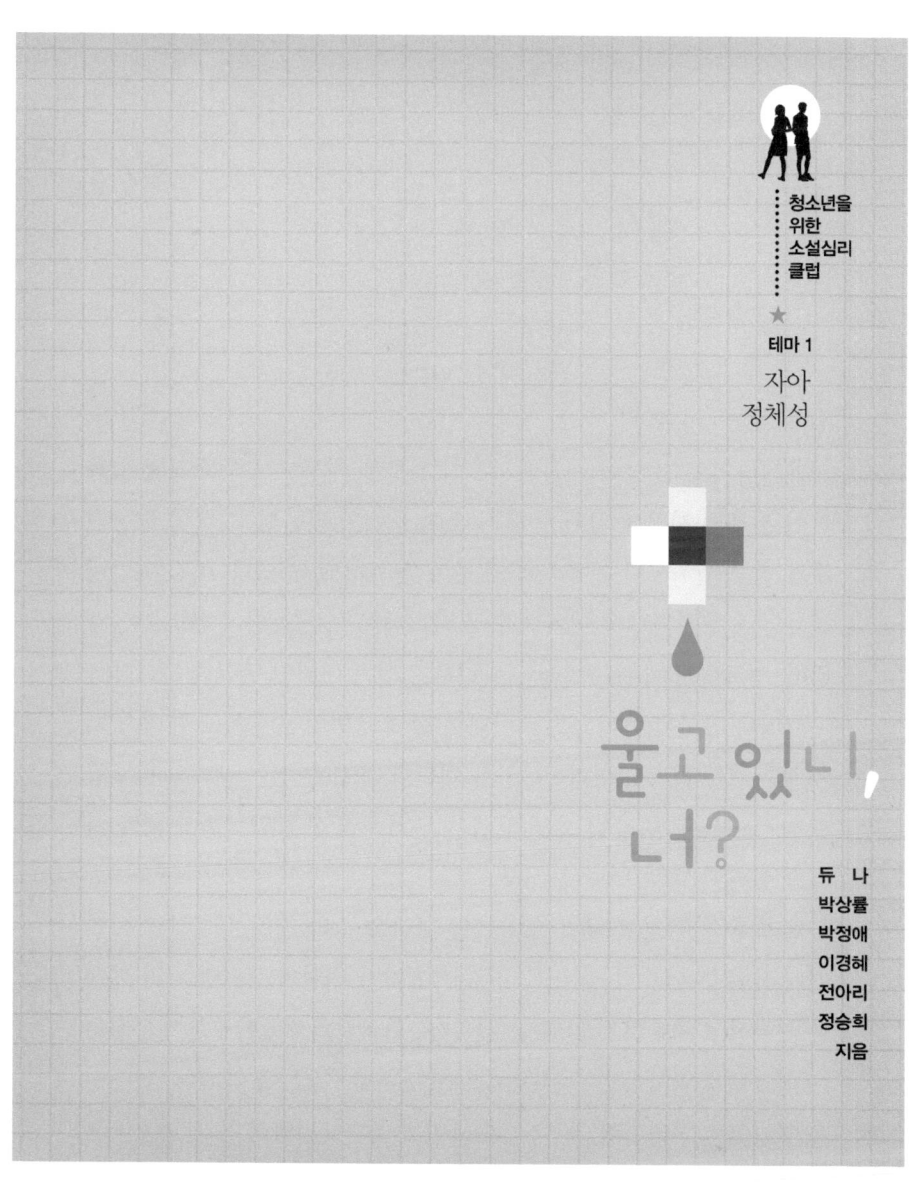

〈청소년을 위한 소설심리클럽〉을 펴내며

아이들이 아프다.

태어나기도 전 엄마 뱃속에서부터 경쟁을 배우고, 초등학교에 입학하기 전부터 시작된 학원 순례는 끝이 보이지 않는다. 교실에서는 친구를 밟고 일어서야 겨우 자신의 존재를 드러낼 수 있다. 이긴 자만이 살아남는 것을 당연히 여기는 한국 사회에서 아이들 머리 위로 자살과 왕따, 성폭력의 어두운 그늘이 드리우는 것은 어쩌면 당연한 일이다.

그러나 동시에 아이들은 저마다의 삶에서 가장 순수하고 에너지 넘치는 시기를 지나고 있다. 오직 십 대만이 가질 수 있는 생기와 발랄함으로 아이들은 숨 돌릴 틈조차 없는 무거운 일상을 끌어안고 헤쳐 나가고 있다.

십 대들의 푸르고 날것 그대로인 고민을 수다 떨듯 유쾌하게 이야기해 볼 수는 없을까? 아이들 스스로가 가진 내면의 힘으로 자기 자신을 위로하고 치유하게 할 수는 없을까? 한국문화예술위원회가 운영하는 청소년 문학사이트 글틴 http://teen.munjang.or.kr에 연재한 〈청소년을 위한 소설심리클럽〉은 이러한 고민에서 비롯되었다.

갈등 상황에 놓여 있는 아이들은 어른들의 충고나 조언을 '잔소리'로 알아듣기 쉽다. 마음의 문을 닫아 버린 아이들에게 비슷한 갈등 상황에 처한 친구의 이야기를 들려주는 것은 섣부른 충고보다 훨씬 큰 도움이 될 수 있다. 아이들의 아픔에 귀를 기울이고 있는 청소년 작가들에게 도움을 요청하였다. 아이들이 처한 크고 작은 갈등과 고민을 예민하게 포착하여 소설에 담아 달라 하였다. "현실의 문제점을 드러내고 반성하는 이야기도 아니고 아이들을 계몽하기 위한 이야기도 아니다. 아이들이 정서적 공감대를 느낄 수 있는 주인공을 통해 아이들이 자기 자신의 모습을 발견할 수 있게 해 달라."는 당부를 곁들였다.

그렇게 모인 소설들에 오랫동안 아이들과 교감을 나누어 온 교사들이 소설을 읽고 난 후에 함께 해 볼 수 있는 활동을 구성하였다. 주인공은 왜 괴로워하는 것인지, 주인공을 나와 견주어 보면 어떠한지 질문을 던져봄으로써 문제를 해결해 나가는 실마리를 찾을 수 있도록 하였다.

"나다운 건 뭘까?", "내 삶은 앞으로 어떻게 펼쳐질까?"와 같은 제법 묵직하고 철학적인 고민에서부터 "머리를 기르고 싶은데.", "짜증나는 친구와 절교를 해야 하나?"처럼 일상적이고 소소한 고민에 이르기까지 청소년기는 크고 작은 고민과 갈등으로 점철된 시기이다. 성장기의 고민은 삶을 살아가는 데 없어서는 안 되는 자산이자 어른이 되기 위해 누구나 마땅히 치러야 하는 값진 통과 의례이기도 하다. 이 시기를 통해 청소년들은 '나'라는 자아의 윤곽을 만들어 가고 또 앞으로 살아야 할 삶의 방향 또한 결정하기 때문이다. 그러나 그 '값'은, 다른 한편으로는 '상처'의 값이기도 하다. 성장통은 누군가가 말했듯 그 시기를 통과한 사람들에게는 가벼운 한때의 홍역처럼 여겨질지 몰라도 고민의 복판에 서 있는 아이들에게는 우주의 무게와 맞먹는다.

어떤 고민을 가진 아이들이든 〈청소년을 위한 소설심리클럽〉에서 "이건 내 문제랑 똑같은데."라며 공감할 수 있는 작품을 만나게 될 것이다. '성장'이라는 외로운 터널을 지나는 아이들에게 이 책이 따뜻한 위로와 격려가 되어 주길 바란다.

2012년 3월
온라인청소년문학관 〈글틴〉 편집위원
김주환, 박상률, 좌백

|차례|

〈청소년을 위한 소설심리클럽〉을 펴내며   4

ᵒᵒ울고 있니, 너? ········ 이경혜   9
★읽고나서 나에게 말 걸기   28

ᵒᵒ최고의 사랑 ········ 박정애   33
★읽고나서 지금 가진 게 가장 소중해   53

ᵒᵒ봉우리 ········ 정승희   59
★읽고나서 예쁜 나, 못생긴 나, 괜찮은 나   89

ᵒᵒ가장의 자격 ········ 박상률   95
★읽고나서 이대로 어른이 된다면   114

ᵒᵒ초콜릿을 먹는 오후 ········ 전아리   121
★읽고나서 너는 그냥 너일 뿐   138

ᵒᵒ사춘기여, 안녕 ········ 듀나   145
★읽고나서 방황이 필요한 시간   162

((** 울고 있니, 너?

- 이경혜

읽기 전에

"너답지 않게 왜 그래?"라는 말을 들었을 때 기분이 어땠나요? "나다운 게 뭔데?" 하며 화를 내기도 했을 거예요. 나를 다른 많은 사람들과 구분해 주는 '나다움'이 바로 자아 정체성이랍니다. 아직 정체성이 확실하게 정해지지 않은 청소년기에는 마음속에 여러 모습의 '나'가 들어있는 것처럼 느껴지기도 하지요. 지킬 박사와 하이드처럼 내 속에 숨어 있는 '나쁜 나'를 발견하고 당황하기도 합니다.

이 소설은 내가 몰랐던 나를 만나는 이야기입니다. 주인공 소미는 겉으로 보기엔 아무런 부족함이 없는 아이입니다. 다들 소미가 속이 깊고 착하다고 하지요. 그런 소미에게 어느 날부터 검은 나무가 담긴 작은 화분을 든 '그 애'가 유령처럼 나타납니다. 소미는 그동안 정말 행복했던 것일까요? 내가 어떤 사람인지 아는 것도 중요하지만, "나는 이런 사람이야."라는 꽉 막힌 틀에 나를 가두지 않는 것도 중요합니다. 출구를 찾지 못한 마음은 마치 압력밥솥과 같아서 언젠가는 폭발하기 때문입니다. 소설을 읽으며 미처 돌보지 못했던 여러분 마음속의 '그 애'를 만나 볼까요?

방문을 열자 그 애가 서 있었다.

그 애는 눈을 내리깐 채 소중한 듯 두 손으로 작은 화분을 들고 서 있었다. 지금 나는 그 애를 '그 애'라고 말하고 있지만 그렇게 말해도 되는지는 잘 모르겠다. 단발머리에 눈 코 입이 분명한 모습은 사람처럼 보였지만, 이마 옆으로 솟아난 귀와 얼굴과 온몸을 덮은 갈색의 짧은 솜털은 그 애를 고양잇과의 어떤 짐승처럼 느껴지게 했다.

나는 흘낏 그 애에게 눈길을 주기는 했지만 늘 보던 물건을 보듯 그 애를 그냥 지나쳤다. 놀라지도, 겁에 질리지도 않았다. 나는 다른 날과 똑같이 옷장에서 잠옷을 꺼내 갈아입고, 방 불을 끄고, 침대에 누워 스탠드의 불을 켰다. 그리고 어젯밤 읽다 둔 『아름다운 우주 스토리』란 책을 펼쳤다. 오늘 읽을 부분은 별의 최후에 해당하는 부분이었다.

별의 운명은 세 갈래라고 했다. 크기가 쪼그라들어 작아진 것은 백색왜성이라고 하는데, 그것은 별의 시체나 마찬가지였다. 크기가 엄청나게 큰 것은 폭발을 일으켜 초신성이 되었다가 마침내 블랙홀로 일생이 끝난다. 그리고 중간 정도의 별이라면 초신성 폭발을 일으켜 상당 부분을 날려 보낸 다음 붕괴하여 아주 작고 밀도가 높은 중성자별이 된다. 별들도 살다 죽는다니, 그리고 어떤 별은 쪼그라든 시체가 되고, 어떤 별은 폭발하여 검은 늪이 되거나 아주 단단하고 작은 또 다른 별이 된다니, 그것은 과학책이 아니라 시집이나 동화책을 읽는 것처럼 재미있었다. 그러나 그 뒤의 이야기는 어려워서 머리에 들어오지 않았다.

슬슬 눈꺼풀이 무거워지기도 해서 나는 책을 덮고, 스탠드의 불을 끄려다가 다시 그 애를 보았다. 그 애는 어느새 스탠드 뒤, 불빛 뒤의 어둠 속에 서 있었다. 방문 뒤에 서 있던 모습 그대로였다. 너무 그대로여서 입체가 아닌 그림처럼 여겨졌다. 누가 그림을 옮겨다 놓은 것만 같았다. 눈을 내리깐 채 소중한 듯 두 손으로 화분을 들고 있는 모습, 화분에는 거무튀튀한 작은 나무가 심어져 있었다. 나무는 아주 작았지만 모양을 다 갖추고 있어 분재처럼 보였다. 이파리가 하나도 달려 있지 않아 죽은 나무처럼 보이기도 했다. 어떤 기척도 없이 그 애가 그렇게 다시 내 옆에 와 서 있는데도 나는 여전히 아무렇지 않았다.

나는 스탠드의 불을 껐다. 불이 꺼지자 그 애도 눈앞에서 사라졌다. 어둠 속 어딘가에 있겠지만 내 눈에는 더 이상 보이지 않았다. 나는 자려고 눈을 감았다. 그런데 비로소 그런 생각이 들었다. 왜 나는 저런 걸 보고도 아무렇지도 않지? 놀라거나 무서워해야 하는 게 정상이잖아? 나는 그런 나 자신이 너무 이상해서 내가 아닌 낯선 사람처럼 느껴졌다. 하지만 종합반 강의까지 듣고 늦게 온 터라 어찌나 피곤한지 그대로 잠이 들고 말았다.

아침에 눈을 떴을 때는 아무것도 없었다. 나는 지난밤에 내가 꿈을

꾸었던가, 의심했다. 꿈속이라면 아무리 이상한 것을 보더라도 놀라거나 무서워하지 않을 수 있다. 하지만 옆에 놓인 책을 들춰 보니 별의 인생에 대해 읽은 게 분명했다. 그 책을 읽은 것보다 먼저 그 애를 보았으니 꿈은 아니었다.

다른 날 아침과 똑같이 나는 엄마 아빠와 식탁에 앉아 토스트와 우유를 먹었다.

"별의 일생에도 끝이 있대."

토스트를 먹다 내가 말하자, 별이니 바람이니, 그런 것들 앞에서 맥을 못 추는 엄마의 눈이 당장 빛났다.

"어머, 멋지다! 어떻게 끝나니, 별들은?"

"백색왜성이 되거나, 블랙홀이 되거나, 중성자별이 된대."

나는 "시체가 되거나 검은 늪이 되거나 작고 단단한 별이 된다."고 말하려다 일부러 과학적인 용어로 말했다. 엄마의 눈빛이 너무 빛나는 게 거슬렸다. 나는 엄마의 문학소녀 같은 호들갑이 싫었다. 그러나 내가 이런 심술을 부리는 경우는 없었다. 다른 때 같으면 나는 엄마를 기쁘게 해 주기 위해 이왕이면 그런 표현을 더 골라 썼을 것이다.

"뭔 이름들이 그렇게 다 어렵니? 블랙홀 빼곤 모르겠네."

엄마는 단박에 꼬리를 내렸다.

"별의 말로를 들여다보면 인기인들을 스타라고 말하는 게 딱 맞는 것 같지 않냐? 스타들의 말로도 그 셋 중의 하나잖아? 백색왜성처럼 쪼그라들거나 블랙홀처럼 신비한 존재로 남거나 스타의 자리에서 내려와 중성자별처럼 단단한 실력을 갖춘 보조적인 중견이 되거나."

나는 아빠의 말에 "흠, 진짜 그렇네. 우연인진 몰라도 정말 비슷하네." 하며 고개를 끄떡였다. 아빠다운 얘기였다. 아빠는 과학 관련 책을 주로 내는 작은 출판사를 하고 있다. 아빠는 과학을 좋아해서 내 이름까지 소립자의 아름다움이란 뜻으로 '소미'라고 지었다. "소립자는 모든 것의 기본이 되니까 얼마나 아름답니?"라고 아빠는 말했다. 분자가 모든 것의 기본이 아니라 얼마나 다행인가. 그랬다면 내 이름은 분미가 될 뻔했다.

그런 생각을 하다 보니 문득 엄마를 무시한 것 같은 마음이 들어 나는 엄마에게 말했다.

"엄마, 중성자별은 별이 죽어서 다시 태어난 별이야. 별치고는 작지만 밀도가 아주 높은 별이래."

"별이 죽어 다시 별이 된다고? 어머나, 멋지다, 진짜 근사한 말이야."

다행이다. 엄마를 무시해서 괴로웠던 마음이 괜찮아졌다.

아빠와 나는 엄마의 배웅을 받으며 집을 나섰다. 아빠 출판사 가는 길에 우리 학교가 있기 때문에 나는 아침마다 아빠 차를 타고 학교에 간다. 가면서 아빠가 물었다.

"문과 이과 정하는 게 언제까지랬지? 이제 마음을 정했니?"

"아니. 아직도 왔다 갔다 해. 모레까진데 큰일이야."

"우리 소미는 양쪽 다 잘해서 고민이 많구나."

"어느 쪽도 아주 잘하지는 않는 거라 그런 거지, 뭐."

"아빠 생각엔 이과로 가는 게 좋을 것 같아. 여학생들은 이과 쪽에 성적 좋은 애들이 많으니까 고3 때 좋지 않을까? 아무래도 공부는 분위기가 중요하거든."

"이름만 따지면 난 딱 이과로 가야 하는데, 그치?"

내가 장난스레 말하자 아빠는 큰 소리로 웃으며 말했다.

"하하, 그러게. 소립자가 문과로 가는 건 좀 안 어울리지?"

사실 나는 아빠와의 대화에 건성이었다. 아빠한테 그 애 얘기를 할까 하다가 나는 참았다. 믿어 주지도 않겠거니와 괜히 내 건강이나 걱정할 것이다. 그러나 그보다는 무언가 그 애 얘기는 나 혼자만 간직해야 할 것 같은 느낌이 더 강해서였다.

그런데 갑자기 등 뒤의 느낌이 이상해서 나는 고개를 돌려 뒷좌석을 보았다. 그 애가 거기 앉아 있었다. 여전히 눈을 내리깐 채 분재 같은 그 검은 나무가 담긴 화분을 소중하게 끌어안고 있었다.

"왜? 뒤에 뭐가 있어?"

아빠는 앞에 매달린 거울을 들여다보며 말했다. 아빠 눈에는 보이지 않는 게 분명했다.

"아니, 그냥."

나는 심드렁하게 말하며 앞을 보았다. 내가 무슨 신경병에 걸렸을 수도 있다. 그래서 저런 헛것이 보이는지도. 그러나 나는 저 헛것보다 저 애를 보고도 아무렇지도 않은 나 자신이 이해가 되지 않았다. 학교 앞에서 내릴 때 뒷좌석을 보니 그 애는 그새 사라지고 없었다.

"소미야, 나, 정훈이 땜에 죽겠어."

급식을 먹고 교실로 걸어가면서 연주가 말했다.

"왜?"

"아무래도 얘 맘이 변한 거 같아. 약속도 자꾸 미루고, 전화도 자꾸 꺼 놓고……."

"그래? 언제부터?"

"한참 됐어. 그러고 보니 집에서 과외한다고 할 때부터 조금씩 달라진 것 같네. 그 과외 3반 재희도 같이 한댔는데…… 재희, 걔가 보통 까진 애가 아니잖아?"

우리는 등나무 벤치 아래로 갔다. 내가 해 줄 말은 없었다. 연주는 이미 정훈이를 의심하고 있었고, 정훈이의 행동은 내가 보기에도 미심쩍은 데가 많았다.

"정훈이를 만나서 직접 얘기해 봐. 의심암귀(疑心暗鬼)래잖아? 혼자 생각하고 있으면 한없이 나가는 게 의심이니까."

"근데 소미야, 그랬다가 정말 정훈이가 맘 변한 거면 어떡하지? 나, 그게 무섭기도 해."

나는 말없이 연주 손을 꼭 잡아 줘었다. 연주의 마음을 알 것 같았다.

"그래, 무서워도 이러고 있는 거보단 낫겠지?"

연주가 나를 보며 말했다. 나는 고개를 끄떡였다. 그러는데 언제 왔는지 연주 옆에 그 애가 앉아 있었다. 나는 물끄러미 그 애를 바라보았다. 여전히 눈을 내리깔고 검은 나무를 소중히 들고 있는 아이.

"뭘 봐? 뭐가 있어?"

마침 그때 5교시 시작종이 울렸다. 나는 얼른 대답했다.
"아냐, 아무것도. 종 쳤다. 빨랑 들어가자."

"오늘은 선생님들 회의가 있어서 야간 자율학습은 안 합니다."
담임의 말에 아이들은 책상을 두드려 대며 함성을 질렀다. 태규에게 선 당장 "앗싸! 하늘이 우리 기념일을 챙겨 주시네."라는 문자가 왔다. 오늘은 태규와 내가 사귀기로 한 지 200일이 되는 날이었다. 중학교 동창인 우리는 고등학교에 오자마자 친구를 벗어나 서로 사귀기로 했던 것이다.

그런데 교실 뒷문에 한별이가 기다리고 있었다.
"소미야, 오늘 나랑 떡볶이 먹으러 안 갈래?"
한별이가 떡볶이를 먹으러 가자고 일부러 우리 반에 찾아올 때는 엄마와 크게 싸웠을 때였다. 한별이 엄마는 공부 잘하는 한별이 언니와 공부 못하는 한별이를 눈에 띄게 차별했다. 그래서 한 번씩 견디다 못한 한별이가 항의를 하면 엄마는 '억울하면 성적을 올리라'는 식으로 말해서 한별이의 가슴에 못을 박곤 했다. 나는 한별이 가슴에 또다시 박혔을 큰 못이 보이는 것만 같았다.

"어쩌지? 오늘 우리 200일 기념일이라…… 미안해. 내일 가자."
나는 어쩔 줄 모르며 대답했다. 그냥 데이트라면 얼마든지 취소하고 한별이랑 갔을 것이다. 그러나 200일 기념인 오늘은 태규의 기분도 생각해 줘야 했다.

"그래, 내일 혹시 또 야자 안 하면! 괜찮아. 200일 축하해. 재밌게 놀아."

한별이는 웃으면서 말했지만 말이 끝나기도 전에 몸을 홱 돌렸다. 화가 나서가 아니라 서운한 자신의 얼굴을 보이기 싫어서 그런 것이란 걸 나는 알았다. 내일 또 야자를 안 할 리는 없었으니 "내일 가자."는 내 말은 빈말이나 다름없었다. 야자를 하면 끝나자마자 학원으로 직행해야만 했다. 떡볶이집 잠깐 들르는 거야 할 수 있겠지만 한별이가 떡볶이가 먹고 싶어 나를 찾아온 것은 아니니까 말이다. 나는 한별이한테 정말 미안했다.

사거리에 있는 피자집은 아늑해서 우리의 기념 파티에 좋았다. 태규와 나는 선물부터 교환했다.

"먼저 풀어 봐!"

태규가 졸랐다. 나는 은색 포장지를 풀었다. 별 모양의 펜던트가 달린 예쁜 은 목걸이가 나왔다. 카드에는 "사랑하는 소미에게. 너는 내 가슴에 반짝이는 별이야. 네가 있어 나는 사는 게 즐거워. 우리의 200일이 2천 일이 되고, 2만 일이 되고, 영원이 되기를 빌어."라고 적혀 있었다.

"아, 너무 예쁘다. 고마워!"

내 말에 태규는 멋쩍은 듯 웃더니 내 선물을 풀었다.

"와! 어떻게 이걸 샀어? 내가 딱 사고 싶어했던 건데 어떻게 알았어? 넌, 진짜 놀라운 애야!"

내 선물은 열쇠고리에도 매달 수 있는 미니 스피커였다. 휴대전화든

MP3든 음질 좋게 들을 수 있게 해 주는 아이디어 상품이었다. 그 애 방 컴퓨터에 즐겨찾기 되어 있는 그 제품을 우연히 보아 두었던 것이다.

태규는 내가 쓴 카드를 소리 내어 읽었다.

"'너무나 작은 스피커지만 너를 아주 많이 행복하게 해 주길 빌어. 너를 만나 기뻐.' 히히, 진짜 행복하긴 한데, 그래도 '사랑하는 서방님께', 뭐, 이런 말이라도 좀 쓸 것이지."

태규는 내내 들떠 있었다. 다른 때 같으면 나도 함께 들떴을 것이다. 물론 지금 나도 겉으로는 들떠 있는 것처럼 보일 것이다. 그러나 지금 나는 태규를 실망시키지 않기 위해 그런 척하고 있을 뿐이다. 피자를 집다 다시 이상한 느낌이 들어 앞을 보니 태규 옆자리에 그 아이가 앉아 있었다. 여전한 그 모습 그대로다.

"왜 그래? 뭘 봐?"

옆자리로 향한 내 눈길을 보고 태규가 고개를 옆으로 돌렸다. 뒤쪽 벽으로 고흐의 복사화 한 점이 붙어 있었다.

"아, 저 그림, 내가 좋아하는 그림이야. 별이 빛나는 밤에……."

내 말에 태규의 얼굴이 환해졌다.

"내가 별 목걸이를 선물했는데 딱 맞는 그림이네. 오늘은 왜 이렇게 뭐든지 박자가 척척 맞냐? 신기하네."

"그러게 말이야. 진짜 기분 좋다!"

나는 일부러 활짝 웃으며, 그 애 쪽으로 눈길을 보내지 않으려 애썼다. 그래도 그 애의 존재를 느끼지 않을 수는 없었다. 피자를 먹고 나올 때에도 그 애는 그 자리에 그대로 앉아 있었다. 여전히 눈을 내리깐 채, 검은 나무를 들고.

우리는 학원을 빼먹고 영화를 보러 갔다. 시간이 맞는 영화는 〈최종 병기 활〉뿐이었다.

"200일 기념 영화로는 좀 그렇지만 솔직히 나, 이 영화 너무 보고 싶었어."

태규가 표를 사 오며 미안한 듯 말했다.

"나도 원래 박해일 팬이야. 좋아."

"응? 박해일 팬이라고? 그럼 내 라이벌인데, 보면 안 되잖아?"

말은 그렇게 하면서도 태규는 큰 소리로 웃었다. 영화는 정말 재미있었다. 박해일은 또 다른 매력을 보여 주었다. 그럼에도 나는 영화에 몰입할 수 없었다. 내 오른쪽 빈자리에 그 애가 쭉 앉아 있었던 것이다. 그 애는 극장 안에 불이 들어오고 우리가 나갈 때까지도 그대로 앉아 있었다. 눈을 내리깐 채 그 검은 나무 화분만 들고.

우리 아파트 단지 앞에 이르렀을 때 태규가 나를 불쑥 안으며 말했다.

"너, 어디 아파? 아니면 무슨 걱정 있어?"

나는 깜짝 놀라 되물었다.

"아니. 왜? 내가 이상해 보여?"

"그래. 이상해. 처음 만났을 때부터 모든 게 억지 같았어. 내내 속아 주는 척했지만……."

아, 태규도 속아 주는 척한 거구나. 우리는 오늘 서로를 속이기만 했구나.

"그렇게 느꼈다면 미안해. 하지만 난 괜찮아. 왜 그렇게 보였을까?"
"괜찮다면 됐어. 어디 아프거나 걱정이 있는 것 같아서……."
태규가 다 알아채고 있었다니 나는 너무나 미안했다. 나는 겨우 고개를 들고 말했다.
"좀 피곤해서 그런가 봐. 내일은 괜찮을 거야. 미안해. 그리고 고맙고……."
태규는 잘 자라며 내 등을 두드려 주고는 떠났다.

태규와 헤어져 집에 돌아가서도 나는 내 방에 들어가기가 내키지 않았다. 그래서 옷도 갈아입지 않은 채 엄마 아빠 옆에 앉아 늦은 텔레비전 방송을 봤다. 마침 〈유희열의 스케치북〉을 하고 있었다. 엄마 아빠가 다 좋아하는 '장기하와 얼굴들'이 나와 노래를 불렀다.
"장기하는 안경 끼고 있을 때는 딱 서울대생 같더니 안경 벗으니까 날라리 같네."
아빠의 말에 엄마는 "진짜 그러네. 안경 안 쓰니까 딴 사람 같아." 하고 맞장구를 쳤다.
장기하가 들어가자 아빠는 나를 보고 말했다.
"이제 들어가 자야지."
아빠의 재촉이 아니라도 더 이상 내 방에 들어가지 않을 핑계는 없었다. 겁이 나는 것은 아니었다. 단지 내키지 않을 뿐이었다.
나는 내 방문을 열자마자 불을 켰다. 그런데 그 애가 보이지 않았다. 왜 없지? 나는 고개를 돌리며 방 안을 다 둘러보았다. 있으리라 생각한 곳에 나타나지 않으니까 오히려 이상했다. 나는 잠옷으로 갈아입고, 불을 끄고, 침대에 누웠다. 너무 피곤해서 책을 읽고 싶은 생각이 들지 않아 스탠드는 켜지 않은 채 그대로 누웠다.

그러나 잠은 오지 않았다. 어젯밤부터 종일 내게 나타났던 그 애가 왜 지금은 나타나지 않는지 궁금했다. 극장에서 보았던 마지막 모습이 눈에 선했다. 비로소 나는 그 애에 대해 생각하기 시작했다. 지금까지는 그 애보다는 그 애를 보고도 놀라지 않는 나 자신에 대해서만 의아해했다. 그 애는 도대체 누구일까? 어떤 존재일까? 사람이 아닌 것은 분명했다. 그렇다고 귀신 같지도 않았다. 귀신이라면 겁 많은 내가 이렇게 태연할 수 있을까? 소름이 끼치거나 오싹 한기가 들어야 했다. 그렇다면 그 애는 도대체 무엇일까?

눈을 감은 채 나는 그 애를 그려 보았다. 그 애는 매번 똑같은 모습으로 나타났다. 눈을 내리뜬 모습. 한 번도 눈을 뜬 모습을 보지 못했다. 그 애가 손에 들고 있는 검은 나무는 또 무엇일까? 갑자기 왜 내게 그런 애가 나타나는 것일까? 그것이 헛것이라 할지라도 나한테 나타날 이유는 없었다. 나는 행복하고 건강한 아이다. 나는 아무런 부족함도 없는 아이다. 이해심 깊고, 다정한 부모와 너무 잘살지도, 못살지도 않는 적당한 가정 환경에, 공부도 재수 없을 만큼 잘하지는 않고, 골고루 쪽팔리지 않을 만큼 잘한다. 친구들이 꺼릴 만큼 예쁘지는 않아도 남자들에게 호감을 줄 만큼은 생겼다. 선생님들도 나를 좋아하고, 친구들도 나를 좋아한다. 다들 내가 속이 깊고, 착하다고 한다. 나는 누구의 마음도 아프게 하지 않기 위해 늘 노력한다. 거기다 나를 아주 많

이 아껴 주는 남자 친구도 있다. 아무리 주위를 둘러봐도 나만큼 행복한 아이는 없다. 다들 어딘가 불행하다. 지나치게 부유하든가, 지나치게 가난하든가, 부모가 닦달이 심하든가, 부모가 너무 무심하든가, 외모 콤플렉스가 있든가, 아니면 너무 도드라지게 예쁘든가, 공부를 너무 못하거나, 아이들이 따돌릴 만큼 잘하던가……. 그래, 나는 정말 행복하다. 그래서 나는 누구하고나 잘 지낸다. 부모하고도, 선생님들하고도, 친구들하고도, 다들 잘 지내니까 부딪칠 일이 없다. 그래, 나는 정말 행복해. 나는 조금도 외롭지 않아……. 그러는데 갑자기 코끝이 시큰했다. 왜 그런지는 몰랐다. 웃기네, 내가 왜 이래? 어디에 정말 병이라도 생겼나? 그러면서 나는 잠이 들었다.

한밤중이었다. 갑자기 나는 잠에서 깨어났다. 몇 시나 되었나 싶어 스탠드의 불을 켰다. 그런데…… 있었다. 그 애가 스탠드 불빛 뒤, 어둠 속에 서 있었다. 어둠 속에 서 있는 그 애는 희미하게 보였지만 그래도 분명 그 애였고, 어제와 똑같이 눈을 내리깐 채 검은 나무를 들고 서 있었다. 나는 자리에 일어나 앉아 그 애를 바라보다 처음으로 그 애에게 말을 걸었다.

"넌…… 누구니?"

대답이 없었다.

"왜 나한테 나타난 거야? 할 말이 있니?"

여전히 그 애는 대답이 없었다. 역시 헛것이었나 보다. 내가 신경이 예민해져 헛것을 보는 것이다. 그런데 어쩐지 그 애가 외로워 보였다.

저 애한테는 아무도 없는 모양이다. 너무 외로워서 나한테 나타난 것인지도 몰랐다. 나는 다시 물었다.

"너, 외롭구나. 그치?"

내 말에 그 애는 처음으로 눈을 뜨고 나를 바라보았다. 그 눈은 매우 낯이 익었다. 아, 저 눈은 내 눈이랑 아주 비슷하네. 그런데 그 눈이 금세 그렁그렁해지더니 눈물이 흘러내리기 시작했다. 나는 깜짝 놀랐다. 눈물은 그 검은 나무 위로 뚝뚝 떨어졌다.

"울고 있니, 너?"

물어볼 필요도 없는 말이었다. 그 애는 울고 있었다. 나는 그저 멍하니 그 애를 바라보았다. 왜 우는 걸까? 쟤는 정말 외로웠던 모양이야. 슬프고 힘들었나 봐. 아무도 없이……. 그러는데 어느새 내 눈에서도 눈물이 흐르기 시작했다. 가슴 밑바닥에 뭉쳐 있던 무엇인가가 왈칵 치솟아 올랐다. 우리는 거울처럼 마주본 채 울고 있었다. 비로소 나는 깨달았다. 그 애는 바로 나였다. 내 속의 또 하나의 나, 내가 계속 무시해 온 아이, 남들만 보느라고 한 번도 안아 주지 못했던 아이, 그것은 바로 나 자신이었다. 나는 행복하지 않았다. 나는 외로웠다. 나는 배려심 깊고 착한 아이가 아니었다. 아니다, 그 모든 아이, 행복하고, 외롭지 않고, 배려심 깊고, 착한 아이도 역시 '나'였다. 그러나 나는 그 아이만을 챙기느라 어둠 속의 저 애는 내팽개쳐 두었던 것이다. 얼마나 무시했으면 저렇게 저 애가 어둠을 뚫고 스스로 내 앞에 나올 생각을 다 했을까. 미안해, 정말 미안해.

한참을 울다 서로 쳐다보니 눈물만이 아니라 콧물까지 나와 얼굴이

엉망이었다. 우리는 티슈를 꺼내 눈물도 닦고 코도 풀었다. 그러고 나서야 우리는 서로를 보고 웃었다.

그러자 갑자기 잠이 쏟아졌다. 동틀 때가 다 된 것 같았다.

나는 자리에 누웠다. 스탠드의 불을 끄자 그 애는 보이지 않았다. 하지만 이제 나는 그 애가 내 옆에 누워 편안히 잠들 거라는 걸 알았다. 다음에 그 애가 나타날 때면 그 검은 나무에도 한두 잎쯤 푸른 잎이 돋아나 있을지도 몰랐다. 나는 조용히 어둠을 향해 말했다.

잘 자, 소미야.

이경혜

어렸을 때 몹시 외로웠던 탓에 책에 빠져들게 되었습니다. 책이 아니었다면 아주 괴상한 사람이 되었을 것입니다.(물론 지금도 조금 이상한 사람이지만……) 책의 은혜를 많이 입은 탓에 은혜를 갚는 마음, 빚을 갚는 마음으로 글도 쓰고, 그림책 번역도 하고 있습니다. 책 말고도 바다를 포함한 모든 물, 고양이를 포함한 모든 동물, 산신령을 포함한 모든 신, 만년필을 포함한 모든 문구류 등등을 아주 좋아합니다.

문화일보 신춘문예에 소설이 당선되어 작품 활동을 시작했고, 그동안 낸 책으로 『그 녀석 덕분에』『어느 날 내가 죽었습니다』『할 말이 있다』『스물 일곱 송이 붉은 연꽃』『유명이와 무명이』 등이 있습니다.

읽고 나서

나에게 말 걸기

● 1. 다음은 이 소설의 주인공 소미가 자신이 어떤 사람인지 스스로 말한 내용들입니다. 소미의 또 다른 자아인 '그 애'라면 자신을 어떤 사람이라고 설명할까요? '그 애'의 입장이 되어 말해 봅시다.

소미가 말하는 '나'	그 애가 말하는 '나'
나는 아무런 부족함도 없는 아이다. 다들 내가 속이 깊고 착하다고 한다. 나는 누구의 마음도 아프게 하지 않기 위해 늘 노력한다. 나는 누구하고나 잘 지낸다. 나는 행복하고 외롭지 않고 배려심 깊고 착한 아이다.	

2. 내 마음을 억누르고 남에게 맞춰줄 때 정작 내가 불편하면 상대방도 그것을 느끼게 됩니다. 사람의 마음은 통하게 되어 있으니까요. 소미의 남자 친구 태규도 소미에게 "처음 만났을 때부터 모든 게 억지 같았어. 내내 속아주는 척했지만……."이라고 말합니다. 태규 입장이 되어 소미에게 진심 어린 충고를 해 봅시다.

● 3. 나는 어떤 사람일까요? 다음 물음에 대한 솔직한 자신의 마음을 골라 봅시다.
●

	아니다 / 그때그때 다르다 / 그렇다		
• 어떤 행동을 하기 전에 다른 사람의 눈치를 보곤 하나요?	1	2	3
• 다른 사람이 잘못된 행동을 한다면 참을 수 없나요?	3	2	1
• 많은 친구들과 어울려 떠들며 노는 것을 좋아하는 편인가요?	1	2	3
• 어떤 일이 잘되지 않아도 화를 내지 않는 편인가요?	1	2	3
• 의견이 대립될 때 양보 없이 내 의견을 끝까지 주장하나요?	3	2	1
• 친구들에게 무엇이든 베풀기를 좋아하는 편인가요?	1	2	3
• 종종 슬프거나 우울한 기분에 혼자 빠져들곤 하나요?	3	2	1
• 싫은 것을 싫다고 말하지 못하고 참는 경우가 많나요?	1	2	3
• 다른 사람에게 짓궂은 말이나 행동을 자주 하는 편인가요?	3	2	1
• 부모님의 기분을 맞추기 위해 노력하는 편인가요?	1	2	3
• 욕심나는 것을 갖지 못하면 두고두고 기분이 언짢은가요?	3	2	1
• 내 생각이 아닌 다른 사람의 말에 쉽게 영향받는 편인가요?	1	2	3
• 기쁘거나 슬플 때 내 감정을 마음껏 표현하나요?	3	2	1
• 기분이 나쁘면서도 겉으로는 좋은 것처럼 행동할 때가 있나요?	1	2	3
• 무엇이든 결정할 때 여러 사람의 조언을 먼저 듣는 편인가요?	1	2	3

점수를 모두 더해 보세요. 나는 어떤 유형일까요?

15~24점 : 내가 먼저야! 유형
혹시 나도 모르는 사이에 주변 사람들에게 상처를 주고 있지는 않을까요?

25~34점 : 상황에 맞춰! 유형
언뜻 보기에 고민이 없는 당신! 그래도 늘 자신의 마음에 주의를 기울여야겠죠?

35~45점 : 나는 괜찮아! 유형
너무 착한 아이로만 지내느라 스트레스 받고 있지는 않은가요?

4. 진짜 내 마음은 그렇지 않았지만 남에게 보이는 모습을 의식해 내 마음과 다르게 행동한 적이 있었나요? 나 자신이 갑자기 다른 사람처럼 느껴진 적은요? 내가 갖고 있는 여러 가지 나의 얼굴을 적어 봅시다.

나를 모르는 사람에게 보이는 얼굴 _____
학교에서 선생님에게 보이는 얼굴 _____
_____
_____

5. 다음 조각상과 여러분이 비슷한 점이 있다면 무엇인지 말해 봅시다.

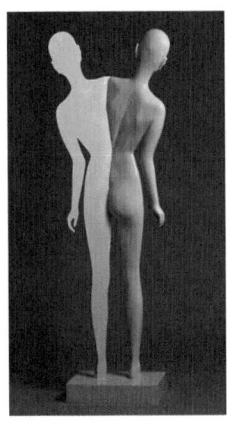

김영원, 〈shadow of shadow〉, 2008

6. 다음은 루이제 린저의 소설 『생의 한가운데』에 나오는 글입니다. 이 글을 읽고 '나'를 만들어 가는 것의 의미를 생각해 봅시다.

언니도 알아? 아침에 일어났을 때 전날과 아주 달라진 자신을 발견하는 거야. 갑자기 다르게 걷고, 다른 글을 쓰고, 다르게 말을 하는 거야. 다른 사람은 눈치채지 못하지만 자기 자신은 잘 알고 있지. 우리는 이렇게도 될 수 있고, 혹은 전혀 다르게도 될 수 있다는 것을 느끼는 거야. 우리는 자기 자신을 변화시킬 수 있고 자기 자신과 게임을 할 수도 있어. 책을 읽으면서 책 속에 있는 이런저런 인물과 자기가 비슷하다는 것을 느끼는 경우가 있잖아? 다른 책을 읽으면 또 다른 모습이 보이고. 끝없이 이런 일이 반복되는 거야. 자기 자신의 내부를 들여다보면 수백 개의 서로 다른 자아가 보여. 어느 것도 진정한 자아가 아닌 것 같기도 하고, 수백 개의 자아를 다 합친 것이 진정한 자아인 것 같기도 하고. 모든 게 미정이야. 우리는 우리가 원하는 것이 될 수 있어.

루이제 린저, 『생의 한가운데』(민음사) 중에서

최고의 사랑

- 박정애

읽기 전에

이름이란 무엇일까요? 우리는 처음 보는 사람에게 이름부터 묻지요. 새로 기르게 된 강아지에겐 이름을 먼저 지어주고, 못 보던 상품이 등장하면 이름부터 기억합니다. 이름은 이것과 저것을 구별해 주고 나와 다른 사람을 구별해 줍니다. 이름은 사물과 사람 그 자체를 나타내지요.

이 소설은 바로 그 '이름'이 마음에 들지 않아 고민하는 청소년들의 이야기입니다. 주인공 '최고'는 이름 때문에 그야말로 최고의 스트레스를 겪다가 아예 개명까지 결심합니다. 여러분은 여러분에게 붙여진 이름이 마음에 드나요? 심리학자 에릭슨은 사람이 갖고 있는 이름은 자기가 자기임을 드러내고 표현하기 때문에 정체성이나 마찬가지라고 말합니다. 〈센과 치히로의 행방불명〉이라는 영화를 본 적이 있나요? 마녀 유바바는 상대방을 지배하기 위해 이름부터 빼앗습니다. 식민지 시절 일제는 제일 먼저 우리 할머니, 할아버지들에게서 이름부터 빼앗고 일본식 이름을 짓도록 창씨개명을 강요했지요. 소설을 읽으며 나의 모든 것일 수도 있는 이름의 의미를 새롭게 들여다봅시다.

"최고? 최고오오오오? 성은 최, 이름은 고, 최고!"

내 이름을 확인한 담임이 미간과 콧등에 주름을 잔뜩 잡았다가는 입술마저 씰룩거린다. 이건 뭐, 새 학년 될 때마다 치르는 홍역이랄까.

"에라이, 이 녀석아, 이름이 아깝다, 이름이 아까워."

결국 이름 때문에 꿀밤 한 대를 얻어맞고야 만다. 아, 이름의 저주. 이 저주는 언제나 끝이 날까. 내가 죽어야 끝장이 날까.

교탁 옆에서 자라목처럼 움츠려 있던 정우가 선생님 몰래 '썩소'를 날렸다. 같이 장난치다 걸렸는데 저는 안 맞고 나만 맞은 게 고소하다 이거다.

이럴 땐 정우 녀석도 밉지만 아빠가 더 밉다. 아빠는 왜, 자기 이름도 '최면'이라 학창 시절에 이름 때문에 놀림을 당할 만큼 당했다면서, 나한테 정우나 민준이처럼 흔한 이름을 지어 주지 않은 걸까. 정 특이한 이름을 짓고 싶으면 '종병기'나 '신영화' 쪽이 차라리 낫다. 그럼 선생님들도 "최종병기? 와하하하하하하! 부모님이 게임광이신가 보다.", "최신영화래, 최신영화, 부모님이 대단한 영화광이시구나. 아무리 그래도 그렇지. 우히히히히히!", 이렇게 웃느라고 한 대 때릴 일도 그냥 넘어가지 않겠느냔 말이지.

이름의 저주는 계속됐다. 아침 조회 시간에 야단맞고 어쩌고 하느라 휴대전화 제출하는 걸 깜빡 잊은 것이다. 예비 고등학생으로서 중3의 자세에 대한 담임의 열강을 듣던 중에, 별안간 바지 주머니에서, 드르륵, 전화기가 몸을 떨었다. 문자 메시지였다. 우리 같은 중딩이 손안에 든 휴대전화의 문자 메시지를 확인하지 않을 확률은, 배고픈 고양이가 코앞에 놓인 생선을 보고도 입을 대지 않을 확률과 거의 일치한다. 더구나 이 시각에 나한테 문자 메시지를 보낼 사람이라면, 스팸 문자가 아닌 이상에는, 개학 날이 내일이라 집에서 뒹굴뒹굴 놀고 있을, 오늘 저녁 수학 과외 수업 때 만날 예정인, 속눈썹이 길고 보조개가 예쁜 한결이밖에 없는걸.

궁금증을 이기지 못하고 주머니에서 전화기를 살짝 꺼내 폴더를 열었다.

오늘 숙제 뭐야~~~

담임 눈치를 보면서 답신 보낼 기회를 노렸다. 하지만 담임은 눈에 힘을 잔뜩 주고 우리 반 아이들 전체와 일일이 시선을 맞추고 있었다.
또 드르륵…….

뭐야… 씹는 거야…

예쁜 아이들은 이렇게 인내심이 없다. 모든 걸 자기 위주로 생각한다. 제가 놀고 있으면 남도 노는 줄 안다. 저는 제 맘대로 내 문자를 씹으면서, 내가 씹으면 '있을 수 없는 일'로 여긴다. 세모눈을 하고 아랫입술을 지그시 깨물고 있을 한결이 얼굴이 떠오른다.

프린트 풀기

얼른 고개를 들고 시침을 뚝 떼려는데, 또 드르륵.

익힘책은?

안 해도 돼

전송키를 누르는 순간, 시커먼 곰 그림자 같은 것이 흔들리며 나에게 다가왔다. 쿵, 쿵, 하는 발소리도 함께.
뭐지, 하는 생각을 떠올릴 새도 없었다. 휴대전화는 이미 담임의 손에서 드르륵거리고 있었다. 한결이가 답신을 보낸 모양이었다.
"울트라캡짱차세대아이돌한결이? 웃기고 있네. 여친이냐?"
아우, 미쳐. 나는 그냥 정직하게 오한결이라고 입력했었다. 그런데 한결이가 내 전화기를 빼앗아선 제멋대로 '울트라캡짱차세대아이돌한결이'라고 바꿔서 저장해 버린 것이다.
"혀, 형인데요."
엉겁결에 거짓말을 했다.

"형이 이 시간에 뭐하러 문자를 보내?"
"개, 개념이 없는 형이라서……."
"그 형에 그 동생이군."
담임이 피식 웃더니 휴대전화를 자기 호주머니에 집어넣었다.
"일주일간 압수!"

폰 찾으러 교무실 갔다가, 사극에서나 보던 멍석말이를 당했다. 물론 진짜 멍석말이는 아니고, 이 선생님 저 선생님 다 달려들어 꾸중을 하거나 꿀밤을 때리거나 비아냥거리거나 혀를 차거나 했다는 것이다.
눈을 동그랗게 뜨고 감탄사를 연발하는 영어 선생님.
"어머어머, 얘 형이 최영이라고? 세상에나, 세상에나, 3년 내내 전교 1등을 도맡다가 고입 연합고사도 만점 받았다던, 그 최영?"
꿀밤 때리는 걸 너무 좋아하는 우리 담임.
"네 형이 언제부터 울트라캡짱차세대아이돌 한결이가 됐어, 응? 건방진 새끼, 수업 시간에 여자 친구랑 문자질이나 하고 말이지. 그것도 모자라 거짓말까지? 뭐, 형이 개념이 없어? 네 똑똑한 형이 들었으면 그 자리에서 졸도하겠다, 이 덜떨어진 놈아."
"그러니까 얘가 최영 동생인데, 이름이 최고라고라? 아이고 그려, 장하다. 이름이 최고인데 왜 최고가 아니겠어? 공부만 빼고 웬만한 건 다 최고겠지. 장난질도 최고, 수업 시간에 문자질 하는 것도 최고, 연애질 하는 것도 최고…… 또 최고, 뭐 있냐? 쌈도 잘하냐? 술도 잘 먹고?"
"쯧쯧. 제 형 절반이라도 따라가지 못하고."

"누가 아니래. 형제가 달라도 어쩜 저렇게 다르냐고."
"그러게. 너무 다르네, 너무 달라."

내가 지은 죄라면, 수업 시간에 휴대전화를 만지작거리고 선생님한테 거짓말을 한 거다. 잘난 형을 둔 건 내 죄가 아니고 이름이 최고인 것도 내 죄가 아니다. 벌을 받더라도 내가 지은 죄만 가지고 받으면 최소한 억울하지는 않을 거다. 그런데 나는 왜 항상 내 죄가 아닌 것들 때문에 가중 처벌을 받아야 하는 걸까?

학원 갔다가 과외 수업 받고 집에 오니, 집 안이 왁자지껄했다. 엄마는 와인 잔이 놓인 테이블 앞에 앉아 바닥이 넓은 접시에다 과일을 깎아 담고, 아빠는 오븐에서 치킨구이를 꺼내오고 있었다.

"어, 최고 왔니? 얼른 손만 씻고 앉아라. 오늘 아빠가 '학생이 뽑은 최고의 교수' 상을 받았잖니? 그래서 우리 식구끼리 자그맣게 축하 파티라도 하려고."

"그래요? 저는 저녁을 많이 먹어서 배부른데요. 그냥 제 방에서 숙제할게요."

슬그머니 빠져 볼 궁리를 냈다.

"배가 불러도, 숙제가 많아도, 아빠가 앉으라면 앉아. 가족이란 게 뭔데? 좋은 일 있으면 함께 기뻐하고 슬픈 일 있으면 함께 슬퍼하는 게 가족이야. 나는 말이지. 숙제 핑계, 학원 핑계로 가족 행사 빠지는 거, 절대 용납 못 한다. 가족이 최우선이야. 최고, 무슨 말인지 알아들었냐?"

아빠의 꼰대 기질, 발동했다.

"아, 네에에에에."

"네 형은 뭐, 숙제가 없어서 여기 나와 앉았을까. 원래 공부 잘하는 아이가 놀기도 잘하고 가족도 더 위하고 그런 거야. 꼭 공부 못하는 녀석이 놀 때는 공부 걱정, 공부할 때는 놀 생각, 그러지. 잔말 말고 얼른 씻고 와."

소파에서 영어 잡지를 읽고 있던 형이 나와 눈이 마주치자, 혀를 날름 내밀었다. 형 때문에 교무실에서 멍석말이를 당한 기억이 와락 떠올랐다.

"아유, 저걸 그냥 확?"

이번에는 엄마가 태클을 걸었다.

"뭐야? 방금 그거, 아빠한테 한 말이니? 최고 너, 혼 좀 나야겠구나. 중학교 가더니 말버릇이 아주 최악이 됐잖아."

"에이씨, 그게 아니구요. 방금 형이 메롱, 했거든요. 그래서 형한테 말한 거잖아요."

"그럼 에이씨는? 그건 누구한테 말한 건데?"

"아, 몰라요, 몰라."

나는 인상을 있는 대로 구기고 화장실 세면대에서 손을 씻는 둥 마는 둥 하고는, 세면대를 한 대 쳐서 깨부수고 싶은 충동을 겨우 참고 거실로 갔다.

아빠가 상패를 흔들며 나를 불러 앉혔다.

"아빠 별명이 한때는 최면술사였던 거 알지? 수면 장애가 있는 학생들이 일부러 아빠 수업을 신청했대. 적어도 아빠 수업 시간에는 단잠에 빠질 수 있다고. 그랬던 아빠가 학생이 뽑은 최고의 교수가 됐으니, 얼마나 피나는 노력을 했을지 짐작이 되지?"

엄마가 흐뭇한 눈빛으로 아빠를 바라보았다.

"그건 내가 알아주지요. 유머 감각이라곤 없던 당신이 요즘은 거의 개그맨 수준으로 웃기잖아요. 그게 다 학생들 졸지 않게 하려고 절치부심, 갈고닦은 실력인걸요. 자기 일에 대한 열정과 노력, 정말 존경스러워요, 당신."

아빠가 입을 귀에 걸고는 엄마 어깨를 감싸 안았다.

"자기 일에 대한 열정과 노력이라면 당신이 한 수 위라는 사실을 내가 왜 모르겠어요? 당신, '환자가 뽑은 최고의 의사' 상을 거의 해마다 수상하고 있지 않아요?"

엄마가 호호, 웃었다.

"하긴. 이제 상 받기도 민망할 지경이에요. 내년부터는 아예 후보자 명단에서 빼라고 할까 봐요."

형이 사과 한 조각을 포크에 찍어 입으로 가져가며 말했다.

"진짜로 상 받기 민망한 사람은 저라고요. 초등학교 때부터 지금까지 상이란 상은 휩쓸었잖아요. 오늘도 모의고사 1등 상 받았죠, 겨울방학 때 참가했던 영어 에세이 콘테스트에서 대상작으로 선정됐다고 시상식 참가하라는 연락받았죠, 이젠 아주 지겨울 정도라구요."

정말이지 지겨운 사람은 바로 나란 사실! 나를 뺀 세 사람의 자랑질, 하루도 거르지 않고 반복되는 자랑질, 자랑질…….

와인 몇 잔에 불콰해진 엄마가 내 머리를 툭, 쳤다.

"에이씨, 왜 때려요?"

"이 녀석이 또 에이씨! 씨가 뭐냐, 씨가? 엄마는 대학 다닐 때 씨 학점이라는 건, 구경도 못해 봤다. 앞으로는 에이, 까지만 하든지 굳이 한 음절을 더 발음하고 싶으면 에이쁠, 이라고 해라. 한 번만 더 씨, 씨, 하면, 용돈을 끊어 버릴 거야."

"엄마가 방금 이유 없이 제 머리를 때렸잖아요!"

"그게 때린 거니? 귀여워서 쓰다듬은 거지."

엄마가 이번에는 진짜로 내 머리를 쓰다듬었다.

"최고야, 우리 고, 삐쳤어? 삐칠 일이 뭐가 있어? 넌 누가 뭐래도 최고야. 최고가 될 사람이라고. 다만 그게 좀 천천히 이루어질 뿐이지. 대기만성, 알지? 힘내, 응? 엄마 아빠가 다 최고인데 당연히 아들도 최고겠지, 최하겠어?"

에이, 씨, 씨, 씨, 씨, 씨!

용돈이 끊길까 봐, 밖으로 내뱉지는 못하고 속으로 욕을 삼켰다. "엄마 아빠가 다 최고인데 당연히 아들도 최고겠지." 엄마 아빠를 아는 어른들, 친척들이 나를 볼 때마다 으레 하는 말. 내가 가장 듣기 싫어하는 말이다.

"아빠, 엄마, 한 시간 지났으니까, 이제 제 방 가도 되죠?"

"그래, 우리 장남. 아까운 시간 내줘서 고맙구나."

형을 따라 나도 일어났다. 아빠가 물었다.

"고도 가니?"

대꾸하지 않았다. 뻔히 보면서 묻긴 왜 묻느냐고요.

"호호, 여보, 여보. 고도 가니, 이 말이 왜 이렇게 웃기지요? 고 이즈 고잉? 이즈 고 고잉? 고, 아 유 고잉, 투? 호호호, 호호호."

엄마가 아빠 등을 주먹으로 콩콩 때리며 웃어 댔다. 아빠도 덩달아 웃었다.

비웃는 거지? 흥, 이젠 대놓고 비웃는다 이거지?

돌아서서 한바탕 쏘아붙이려는 참에, 엄마가 깊은 한숨을 쉬며 아빠한테 한탄하는 소리가 뒤통수를 찔렀다.

"내가 뭘 먹고 쟬 낳았는지 모르겠어요."

아빠가 엄마 머리카락을 어루만지며 말했다.

"당신, 그때 한참 의사 고시 준비하느라 골머리를 앓았잖아요. 그때부터 쟤가 공부에 질려 버린 거 아닐까요?"

수학 과외 선생님이 임용 고시 준비에 매진하겠다는 문자 메시지만 달랑 남기고 잠적하는 바람에, 저녁나절 내내 도넛 가게에서 한결이와 노닥거렸다.

한결이가 홍차 컵에 꽂은 빨대를 잘근잘근 씹다가 문득 말했다.

"나도 내 이름이 싫어."

먹던 도넛을 꿀꺽 삼키고, 내가 물었다.

"왜? 오, 한, 결, 예쁘기만 한데? 사운드도 좋고 이미지도 좋고."

"사운드? 이미지? 그런 건 좋지. 나도 인정해. 근데 말이야. 왜 이름 갖고 사람을 갈궈? 내 이름을 내가 지었냐고? 웃겨, 정말."

"내 말이……. 근데 한결이란 이름을 갖고 어떻게 갈궈?"
한결이가 입을 삐죽거리며 한참 뜸을 들였다.
"야, 최고."
"응?"
"너도 내가 못 말리는 변덕쟁이라고 생각하니?"
무심코 고개를 끄덕일 뻔했다. 예쁜 아이들이 대부분 그렇듯, 한결이 역시나 변덕이 죽 끓듯 하니까. 연예인에 대한 감정도 어제의 '완전 짱'에서 오늘의 '개뼉다구'로, 친구들도 아침의 '베스트 프렌드'에서 저녁의 '사악한 계집애'로 요랬다조랬다 하니까.
한결이 눈빛을 보니, 변덕쟁이라고 했다가는 뺨따귀를 얻어맞았을 것 같았다. 안도의 한숨을 쉬었다.
"아니."
"정말이지?"
한결이가 세모눈을 하고 나를 쏘아보았다. 오금이 저렸다.
"그럼, 정말이지. 가끔씩 마음이 왔다 갔다 하기도 하지만, 뭐, 그 정도는 누구나 다 그런 거잖아. 너는 그냥 네 감정에 충실한 거야."
"그치, 그치? 그런데 어른들은 내가 이름값 못하고 변덕을 부린다면서 막 꾸중한다? 어른들, 정말 이상해. 좋아, 내가 좀 변덕을 부린다고 쳐. 그럼 그 부분만 가지고 꾸중을 해야지, 왜 한결같지 못하고 변덕 부린다고 두 배로 욕을 먹어야 하느냐고. 한결이란 이름을 내가 지었냐고오오오."
"내 말이 그 말이야."

이번에는 진심으로 한결이에게 공감했다. 한결이가 포크로 슈크림을 싹싹 긁어 휴지에 닦아 내고는 도넛을 사등분했다.

"먹어."

난, 슈크림이 젤 맛있는데. 슈크림 없으면 무슨 맛으로 저걸 먹어? 예쁜 아이들은 타인의 취향을 배려하지 않는다.

"야, 최고. 우리, 이름 바꿀까?"

"이름을 바꾸자고?"

"그래. 울 엄마도 바꿨어, 이름."

와, 놀라운 사실이다. 한결이 엄마는 우리 엄마와 같은 병원, 같은 과에 근무하는 의사 선생님이다. 엄마 진료실 옆방 명패에 붙어 있는, 한결이 엄마의 이름은 전혜리.

"원래는 뭐였는데?"

"득남. 얻을 득, 사내 남."

"대박이다!"

"울 엄마가 넷째 딸이었대. 외할아버지가 아들, 아들, 노래를 부르다가 넷째 딸을 얻고서는 술을 엄청 드셨대. 그러고는 혼자 동사무소 가셔서 엄마 이름을 그따구로 신고하신 거지. 딥다 구리지? 내가 울 엄마래도 바꿨을 거야."

우리 부모님은 딸을 몹시 원했다고 했다. 만약 두 분이 내 이름을 '득녀'라고 지었다면? 최득녀! 이건 뭐, 최고보다 끔찍하잖아!

"한결이 넌, 이름 바꾸면 뭘로 바꿀 생각인데?"

한결이가 눈을 가늘게 뜨고 창밖으로 시선을 돌렸다.

"모니카. 세례명이야. 어때? 모니카도 사운드 좋고 이미지 좋지 않니?"

"괜찮네. 모니카 가지고 이름값 하라는 사람은 없을 테니까. 나는 세례명도 없는데, 뭘로 바꾸지?"

"민수 어때? 최민수!"

"야, 오한결!"

최민수는 싫고…… 최영수, 최정수, 최철수, 최진수, 최용수, 최경수, 최연수, 최기수, 최지수, 최윤수, 최남수, 최동수…… 어쨌든 누구도 이름값을 운운하지 않는, 무색무취한, 흔해 빠진 이름이어야 해. 사실은…… 아메리카 원주민 식으로다, '고독한 늑대'나 '춤추는 백곰'이었으면 좋겠다.

"뭐? 이름을 바꾸겠다고?"

놀란 엄마가 화장실에 있던 아빠를 불렀다.

"여보, 이리 좀 와 봐요. 우리 아들 최고가 이름을 바꾸겠대요."

아빠가 달려왔다. 아빠의 아랫입술에 하얀 치약 거품이 묻어 있었다.

나는 그동안 이름 때문에 겪었던 억울한 일들을 몇 가지 사례로 요약하여 차근차근 설명했다. 엄마가 양손 집게손가락으로 관자놀이를 누르며 물었다.

"그래서 무슨 이름으로 바꾸겠다는 거니?"

나는 최대한 또박또박, 차분하게 내 의사를 전달하기 위해 노력했다.

"엄마 아빠한테도 선택의 기회를 드릴게요. 최철수, 최영수, 최정수, 최경수, 최지수 중에서 하나 골라 주세요. 철수든 영수든 경수든 이름값 하라고 난리치지는 않으니까, 저는 그중 어떤 거라도 상관없어요. 그리고요. 인터넷 검색을 해 보니까요. 개명 절차가 어렵지는 않은데요. 저 같은 미성년자는 부모 동의서를 지참해야 한대요. 동의해 주세요."

엄마가 아빠 입술의 치약 거품을 닦아 주며 깊은 한숨을 쉬었다.

"고야…… 생각할 시간을 다오. 하룻저녁에 결정할 문제는 아닌 것 같구나."

"좋아요. 일주일 뒤에 말씀해 주세요. 하지만요."

나도 엄마처럼 깊은 한숨을 쉬고 말했다.

"동의 안 해 주시면 학교 관둘 거예요. 그리고 역, 설, 적, 으로다가 제 이름값을 해 볼게요."

"이 녀석! 지금 부모한테 협박하는 거니?"

아빠의 눈초리가 올라갔다. 나도 지지 않고 눈초리를 치켰다.

일주일 뒤, 방 안에서 이제나저제나 눈치만 보고 있는데, 엄마가 불렀다.

"최고! 이리 나와 보렴."

나는, 완전 하위권으로 떨어진 중간고사 성적표를 들고 나갔다. 시위용이었다. 일부러 아는 답도 틀리게 쓴 건 아니지만, 공부를 아예 하지 않은 건 사실이다.

에이, 역설적으로 이름값을 하려면, 전교 꼴찌를 했어야 하는 건데.

왜 진작 전교 꼴찌를 할 생각을 못 했는지, 살짝 후회가 되었다.

거실 테이블에는 녹차 세 잔, 방울토마토 한 접시, 쿠키 한 접시가 놓여 있었다. 찻잔 옆으로 성적표를 들이밀었다.

"보세요. 저, 절대로 최고 아니죠? 원하신다면 다음번엔 최악의 성적표를 보여 드릴게요."

아빠가 주먹을 불끈 쥐었다. 내 머리통을 한 대 때려 주고 싶은 눈빛이었다. 엄마가 아빠 허벅지를 꼬집고는 말머리를 꺼냈다.

"네 이름을 왜 최고라고 지었느냐면……."

"엄마랑 아빠가 최고니까 아들도 최고가 되라고 지었겠죠, 뭐. 그 얘기라면 그만하세요. 솔직히 지겹네요. 아주 많이 지겨워요."

아빠가 이번에는 이를 앙다물었다. 어깨에도 힘이 잔뜩 들어갔다. 엄마가 아빠 팔뚝을 한 번 쓸어내리고는 말했다.

"동의서, 써 줄게. 써 줄 테니까, 엄마 얘길 끊지 말고 끝까지 들어 봐."

좀 더 뻗대고 싶었지만 참았다.

"녹차, 마셔라. 마음이 좀 가라앉을 거다. 쿠키도 먹고. 여보, 당신도요."

엄마도 잔을 들어 녹차 한 모금을 마셨다.

"지금은 최고인지 몰라도 그 시절에는, 엄마랑 아빠, 정말 힘들었단다. 어쩌면, 그래, 최악의 상황이었다고 해도 과언은 아닐 거야. 아빠는 교수 공채에 연속 열한 번째 낙방했고, 엄마는 도와주는 사람 없이 네 형을 낳고 키우느라 공부가 끝없이 늦어졌지. 엄마가 생물학과를 졸업한 뒤에 뒤늦게 다시 의대 들어간 거 알지? 나이가 많은 데다 아이 때문에 휴학을 밥 먹듯이 했으니 공부인들 쉬웠겠니? 공부도 너무 힘들고 경제적으로도 너무 힘들었지. 제일 힘든 건 엄마 노릇이었어. 네 형, 아토피가 심했거든. 잠을 못 자고 밤새 울며 제 몸을 긁어 대는 아이를 본다는 건……."

엄마가 목이 메는지 잠시 말을 쉬었다.

"미칠 것 같더라. 몸이 힘들고 마음이 괴로우니까 아빠한테 온갖 신경질을 다 부렸지. 결국 이혼하기로 합의하고 강릉으로 마지막 여행을 떠났더랬어."

아빠가 씩 웃으면서 끼어들었다.

"그 여행에서 네가 생긴 거야, 이놈아."

엄마도 미소를 머금었다.

"네가 복덩이였어. 아빠가 열두 번째 지원한 대학에 척, 붙은 거야. 엄마도 의사 고시에 합격하고. 아빠 직장 따라서 이곳으로 이사 온 다음에는 모든 게 술술 풀리더라. 이곳, 공기 좋고 물 좋잖아? 형 아토피가 나날이 좋아졌지. 나도 여기 병원에 취직하고…… 그럴 때 네가 태어났으니 당연히 최고지, 어떻게 최고가 아니겠어?"

아빠도 고개를 끄덕였다.

"최고의 사랑으로 네가 생겼으니까, 복덩이 우리 아들한테 최고의 사랑을 주고 싶었으니까, 결정적으로 아빠가 최가니까…… 이게 우리 최고가 최고인 이유다."

한결이한테 문자가 왔다.

나, 막상 모니카로 이름 바꾸려니까 한결이란 이름이 아까운 거 있지. 그냥 블로그 이름을 모니카의 방으로 바꿨어. 이메일 아이디도 모니카로 하고.

뭐야. 같이 이름 바꾸러 가자고 철석같이 약속해 놓고선. 변덕쟁이 같으니라고.

한결이가 물러서는 바람에 나도 김이 빠졌다. 뭐, 어차피 동의서는 받아 놓았으니 천천히 생각해도 된다. 사실이지 나도, 최고를 버리고 최철수로 산다는 게 썩 내키지 않았다. 영수, 정수, 경수, 지수를 놔두고 우리 부모님이 철수를 찜한 이유를 알기 때문이다. 안철수 같은 사람이 되라는 기대를 담은 거다. 이제 철수는 옛날처럼 흔하고 색깔 없는 이름이 아니다. 영수, 정수, 경수, 지수인들 별다를까. 그냥 최고로 살아 버려? 남이 원하는 최고 따위 무시하고 내가 나를 최고로 사랑해 주면 그게 바로 '이름값' 하는 거 아닐까?

야… 너 지금 내 문자 씹는 거야…

예쁜 아이들은 이렇게 인내심이 없다. 하지만 어쩌랴. 한결이의 세모눈은, 으악, 떠올리기만 해도 오금이 저리는걸.

^^ 씹는 거 아냐. 나도 이메일 아이디부터 바꿀래. 론리울프, 어때? 멋지지?

박정애

몸은 늙는 티를 팍팍 내는데, 마음은 마냥 청춘인 중년 아줌마. 사춘기 소년 1인, 소녀 1인을 양육하며 도를 닦는 엄마. 강원대학교 스토리텔링학과에서 파릇파릇한 대학생들을 가르치는 선생. 그리고 소설가. 아이들이 "엄마가 내 엄마인 게 좋아."라고 말해 줄 때, 혼자 산책할 때, 향이 좋은 커피를 마실 때, 낯선 곳을 여행할 때 '참 행복하다'라고 느끼지만, 가장 행복할 때는 '곧 죽어도 소설이 잘 써질 때'랍니다.

그동안 쓴 책으로 『환절기』『다섯 장의 짧은 다이어리』 등이 있습니다.

읽고 나서

지금 가진 게 가장 소중해

● **1.** 다음에 해당하는 것들을 적어 보면서 주인공 '최고'를 힘들게 하는 것은 무엇인지 생각해 봅시다.

최고가 가진 것	최고가 못 가진 것	최고가 갖고 싶은 것

2. 다음은 개명 신청 이유와 법원의 결정 사례들입니다. '최고'의 개명 신청 이유를 적어 보고 이에 대한 법원의 결정을 상상해 봅시다.

- 김영숙이라는 이름이 너무 흔해 개성이 없고 시대에 뒤떨어짐.
  → 사유가 타당하므로 개명을 허가함.
- 변태산이라는 이름 때문에 심한 놀림을 받음.
  → 사유가 타당하므로 개명을 허가함.
- 채현이라는 이름 때문에 병을 앓고 있으므로 다비로 바꾸겠음.
  → 사유가 비과학적이고 불합리하며, '다비'라는 이름이 특이하므로 자녀가 성인이 되었을 때 자기 의사로 바꾸는 것이 타당하므로 불허함.
- 최고라는 이름 때문에 _____
  → _____

3. '최고'가 개명을 하려다가 만 이유는 무엇인가요? 개명을 포기한 '최고'의 결정에 대해 여러분은 어떻게 생각하는지도 말해 봅시다.

4. 내 이름을 다음과 같이 다양한 방법으로 써 봅시다. 쓰고 나서 어떤 느낌인지 이야기해 봅시다.

여러분의 이름을 공처럼 둥글둥글한 느낌이 들도록 쓰세요.	여러분의 이름을 화가 난 모양처럼 쓰세요.
여러분의 이름을 눈을 감은 채로 써 보세요.	여러분의 이름을 자음은 아주 크게 모음은 아주 작게 쓰세요.
여러분의 이름을 연필을 한 번도 떼지 말고 쓰세요.	여러분의 이름에 도깨비 방망이 모양을 그려 넣어 쓰세요.
여러분이 갖고 있는 연필 중에서 가장 작은 것을 찾아 발가락에 끼운 후 여러분의 이름을 쓰세요.	여러분의 이름을 가장 작은 글씨로 가능한 한 여러 번 쓰세요.
여러분의 이름을 연필에 최고로 힘을 주어 세게 눌러 쓰세요.	여러분의 이름을 어떤 방법이든지 마음대로 쓰세요.

카렌 밴호버, 『나를 찾는 여행』(학지사) 중에서

5. 다음 글에 나오는 인디언 식 이름의 예들을 살펴보고 나에게 어울리는 인디언 식 이름을 몇 개 지어 봅시다.

이름을 지을 때 인디언들은 대개 구체적인 사물이나 사건의 명칭을 따서 지었다. 예를 들어 모두가 가기로 했는데 한 사람이 가기 싫어했다면 그 사람의 이름을 '가기 싫다'라고 부르는 식이었다. 또한 인디언들의 이름에는 힘을 가진 동물들이 자주 등장하고, 생애의 특기할 만한 사건을 겪은 사람의 경우에는 그 사건이 그대로 이름이 되기도 했다. 태어날 때 바람이 몹시 분 아이는 '바람의 아들'이 되고, 지빠귀가 울면 '지빠귀가 노래해'가 이름이 되었다. 하지만 그 이름은 고정된 것이 아니었다. 삶에서 그들이 겪는 사건, 꽃피어나는 재능, 이룬 업적 등에 따라 이름이 수시로 바뀌었다. 인디언들의 이름은 해독하기 힘든 추상 명사가 아니라, 사람의 경험으로 이루어진 의미 있는 단어였다.

곰이 노래해(베어 싱즈) | 오글라라 라코타 족
달과 함께 걷다(웍스 위드 더 문) | 크로우 족
하얀 옹고집(화이트 코트라리) | 샤이엔 족
푸른 천둥(블루 썬더) | 아시니보인 족
빗속을 걷다(워킹 인 더 레인) | 위네바고 족
흉터 투성이(스카 페이스트) | 모독 족
사람들이 그의 말을 두려워 해(맨 어프레이드 오브 히즈 호스) | 수우 족
너무 가난해(와크판) | 오글라라 라코타 족

물감 칠한 여러 개 가면(페인팅 매니 카치나) | 카치나 족
어디로 갈지 몰라(노웨어 투 고) | 아라파호 족
용감한 들소(타탕가 오히티카) | 테톤 수우 족
발로 차는 새(킥킹 버드) | 카이오와 족
돌개바람 쫓는 자(훨윈드 체이서) | 오글라라 라코타 족
독수리 날개를 펴는 자(이글 윙 스트렛치즈) | 오글라라 라코타 족
문 여는 자(텐스콰타와) | 쇼니 족
지평선 너머 흰구름(쾌총바) | 썬 족
포위된 자(나진야누피) | 수우 족

류시화, 『나는 왜 너가 아니고 나인가』(김영사) 중에서

- **6. 다음 글을 읽고 '이름'에 가려진 '진실'은 무엇인지, '이름 붙이기'의 의미는 무엇인지 생각해 봅시다.**

(가) 이름이란 뭐지? 장미라 부르는 꽃을 다른 이름으로 불러도 아름다운 그 향기는 변함이 없는 거야.

셰익스피어 「로미오와 줄리엣」 중에서

(나) 너희들이 이름을 붙였어. 너희들이 날 재일이라 이름 붙이고 경계했어. 난 재일도 일본인도 아냐. 난 그냥 나야! 사람들은 사자를 사자라고 부르지만 사자는 그걸 인정하지 않아. 날 뭐라고 불러도 난 인정하지 않아!

영화 〈고〉 중에서

(다) 정부가 탈북자를 '새터민'으로 부르기로 결정했다고 한다. '새로운 삶의 터전에서 사는 사람'이란 뜻의 순우리말이다. 북한에서 남한으로 온 사람의 명칭은 시대에 따라 달랐다. 해방 후 한국전쟁 때까지는 '실향민'으로, 그 뒤 80년대까지의 냉전시대에는 '귀순동포'나 '귀순용사'로 불렸다. '탈북자'는 90년대 들어 등장했다.

정부가 탈북자란 말을 바꾼 것은 당사자들이 이 용어가 주는 부정적 이미지로 큰 고통을 받고 있기 때문이다. 그러나 탈북자란 말에 담겨 있는 정치·사회적 편견이 새터민에는 없을지 걱정이다. 벌써 "호박에 금을 긋는다고 수박이 되느냐."는 비아냥이 들린다. "탈북자란 말의 부정적 이미지는 정부의 탈북자 정책이 잘못된 데서 비롯된 만큼 용어 변경은 중요하지 않다."는 지적도 있다. 탈북자든, 새터민이든 결국 관건은 이들에 대한 국민의 인식 변화에 있는 것 같다.

〈경향신문〉 2005. 1. 10.

봉우리

- 정승희

읽기 전에

"정체를 밝혀라!" 만화나 영화에서 자주 나오는 말입니다. 아무리 꾸미려 해도 감출 수 없는 그 사람만의 특징이 바로 그 사람의 '정체'이고, 자신의 정체를 자기가 깨달아 스스로 자신의 존재를 느끼는 것이 바로 '자아 정체성'이지요. 이런 자아 정체성은 자기만의 독특한 개성을 발견하면서 찾기도 하지만 보통은 다른 사람과 비교하는 가운데 얻어집니다. 외모도 마찬가지입니다. 남과는 다른 나만의 독특하고 개성 있는 몸과 얼굴이 나의 정체성을 만듭니다.

그런데 요즘과 같은 외모 지상주의 사회에서는 자기 자신의 모습을 있는 그대로 받아들이는 일이 점점 어려워지고 있습니다. 이 소설의 주인공 신선해와 김사이도 납작한 가슴과 출렁이는 뱃살로 스트레스를 받다 못해 스스로를 찌질이, 못난이, 겁쟁이라고 몰아세웁니다. 여러분도 정말 "성격 더러운 것은 참아도, 얼굴 못생긴 건 참을 수 없다."라고 생각하나요? 한 풍선 장수가 흰색, 붉은색, 노란색 풍선을 차례로 날려 보내자 옆에 서 있던 흑인 소년이 물었습니다. "아저씨, 검은 풍선도 날아갈 수 있나요?" 풍선 장수는 뭐라고 대답했을까요? "애야, 풍선이 떠오른 건 색깔 때문이 아니고 그 안에 들어 있는 것 때문이란다." 이제 소설을 읽어 볼까요?

신선해

　엄마의 작은 눈이 퉁퉁 부어 있다. 눈을 거의 뜰 수 없는 지경이다.
　엄마는 어제 몇 달 만에 미용실에 다녀온 뒤부터 저 꼴이 된 거다. 오랜만에 파마를 하러 갔는데 새로 바뀐 주인이 오픈 기념으로 속눈썹 파마를 공짜로 해 준다고 했단다.
　엄마는 쌍꺼풀 수술을 하는 게 소원인 사람이다.
　"요즘 쌍꺼풀 없는 사람이 어디 있냐? 지영이 엄마도 엊그제 했더라. 사람이 싸악 변했어. 몰라보겠더라고. 느이 아빠는 나한테 당최 신경을 안 써요."
　엄마는 아빠의 눈치를 슬금슬금 보면서 목소리를 높이고는 했다.
　"미치인, 지랄!"
　아빠의 묵직한 대답.
　엄마는 쌍꺼풀 수술 대신 속눈썹에라도 파마를 하면 그나마 눈이 더 커 보이지 않을까 해서 했단다. 거기다가 공짜라니 뭐, 말 다 했다. 쌍꺼풀이 없는 엄마의 눈은 지방질이 많아 두껍기까지 하다. 조금만 울어도 그야말로 눈탱이가 밤탱이처럼 엄청나게 붓는다. 그런데 속눈썹, 그것도 숱도 거의 없는 속눈썹에 파마를 하고 왔으니…… 쩝.

"선해야, 선해야!"

엄마는 가라는 병원에는 안 가고 시력도 안 좋은 나한테 자꾸 엄마의 퉁퉁 부은 눈을 보라고 한다.

"이 기집애가 뭐 한다냐? 신선해! 와서 눈 좀 봐 보라니까!"

"내가 보면 뭐하는데! 이미 확 부풀어 올라왔다고. 안과에나 가 봐!"

"안과 가면 생돈 날아가잖아."

"그럼 그 눈으로 어떻게 다닐 건데?"

"본 헤언지 볼 헤언지 어디서 굴러먹다가 우리 동네로 기어 들어와서, 실력도 없는 것들이 내 눈을 이 지경으로 만들어 놨네. 아고 재수 없어."

"그러길래 누가 공짜로 해 준다고 덥석 하래?"

"이것아, 속눈썹 파마하는 데 2만 원이야, 2만 원! 서비스로 해 드릴게요, 하는데 해야지 그럼 안 하냐?"

나는 한심한 눈으로 엄마를 보다가 내 방으로 들어왔다. 속눈썹 파마 약이 세긴 센가 보다. 엄마 눈은 지금 막 쌍꺼풀을 만들고 수술실에서 나온 눈처럼 부풀어 올라 있다.

부풀어… 올랐다……?

내 가슴도 부풀어 오를, 그런 날이 올까.

고개를 아래로 꺾어 내 가슴을 보았다. 흘러내리는 안경을 고쳐 쓰고 다시 보았다.

시베리아 평원처럼 평평한 벌판.

비참해.

탱탱하게 부은 엄마의 흉측한 눈마저 부러움의 대상으로 보게 만드는 밋밋한 내 가슴.

침대 위에 아무렇게나 팽개쳐 놓은 내 가슴 가리개를 보았다.

뽕이 잔뜩 들어간 브라자.

엄마는 브래지어를 브라자라고 부른다. 정말 촌스럽기 이를 데가 없다. 그런데 탱탱하게 솟아 있는 솜뭉치를 보니 브래지어보다 브라자라는 말이 더 어울리는 것 같긴 하다.

슬프다.

친구들은 가슴이 커서 달리기를 하는 체육 시간이 싫다는 둥, 달라붙는 옷이 부담된다는 둥 잘난 척들을 하고, 그야말로 **지랄들**이다. 나는 옆에서 듣고 있다가 조용히 그 자리를 피한다.

내 가슴은 아스팔트에 달라붙은 껌딱지다.

엄마는 나의 성장 속도가 조금 늦을 뿐이라고 대수롭지 않게 말한다.

딸내미 속 타는 줄은 모른다.

다음 체육 시간에는 브라자가 올라가지 않도록 조심해야 한다. 가슴이 절벽이라 브라자를 꽉 조이지 않고 철봉이라도 할라치면 이게 눈치 없이 기어 올라간다. 지난번에 철봉에서 매달리기를 하다가 브라자가 기어 올라가서 진짜 애먹었다. 월요일에는 매달리기 시험을 본단다. 정말 콱, 죽고 싶다. 아니, 아니 껌딱지 같은 가슴 때문에 죽는 건 너무 억울할 것 같고.

정말 콱, 학교에 불이라도 났으면 좋겠다. 학교에 가기 싫다.

아~아. 정말 한심한 내 가슴.
이렇게 가슴이 빈약한 나 같은 애를 누가 좋아할까?
무슨 수를 쓰긴 써야겠다.

거실에서는 엄마가 매일 틀어 놓는 음악이 쫘악 깔리고 있다. 엄마가 좋아하는 애창곡. 엄마는 저 노래만 나오면 눈을 감고 온갖 폼을 잡으며 다른 사람이 된다. 지겹다. 남자 가수가 작은 목소리로 나긋나긋 말하는 게 먼저 나오는 노래.

사람들은 손을 들어 가리키지.
높고 뾰족한 봉우리만을 골라서.
(맞아, 사람들은 높고 탱탱한 가슴을 좋아하지.)
내가 전에 올라가 보았던 작은 봉우리 얘기해 줄까?
봉우리…….
지금은 그냥 아주 작은 동산일 뿐이지만
그래도 그때 난 그보다 더 큰 다른 산이 있다고는 생각지를 않았어.
나한테는 그게 전부였거든.
(맞아, 나한테는 내 작은 봉우리가 전부야. 흑흑.)

김사이

형은 오늘도 농구를 하고 왔다.

그것도 반바지를 입고.

땀을 뻘뻘 흘리며 문을 열고 들어서는데 형의 쭉 뻗은 허벅지가 보였다. 근육이 불뚝거리는 장딴지를 보니 한숨이 저절로 나온다. 털까지 거뭇거뭇하니 야성미가 철철 넘쳐흐른다. 나는 집에서나 반바지를 입을 수 있는 처지다. 내 다리가 하마 다리처럼 두껍기 때문이다. 3학년 올라와서는 살이 더 쪘다. 89kg. 뱃살이 출렁거리고 팔뚝과 허벅지 살이 접히고 쓸려 벌겋다. 형의 꿀벅지를 보니 괜히 부아가 치민다.

알프레드가 시키는 대로 하고 있기는 한데, 정말 효과가 있는 건지는 모르겠다. 나도 형처럼 쭉 뻗은 꿀벅지를 만들 수 있을까? 살을 뺄 수는 있을까? 알프레드를 만난 건 행운인 것 같은데, 알프레드 말이 맞기는 한 건지……. 살이 좀처럼 빠질 생각을 안 한다.

여름에 반바지를 입고 돌아다닌 기억은 초등학교 때까지밖에 없다. 정확하게 6학년 때까지다. 내가 짝사랑했던 선해가 내 다리를 보고 "우웩, 그 다리로 어떻게 학교에는 다닌다니?"라고 말하는 소리에 충격 먹고 그다음부터는 절대, 저얼~~~때 반바지를 안 입는다.

퉁퉁하게 불어 터진 맨살을 내보일 수는 없다. 절대 못 입는다, 반바지는.

어제는 체육 시간에 선생님께서 눈치 없이 소리를 질렀다.

"김사이! 너는 인마, 왜 긴 바지야? 반바지 안 입어?"

어이구, 까마귀 고기를 잡수셨나?

"저어~"

"저, 뭐?"

"저어기……."

다리에 흉터가 있어서 짧은 바지 못 입는다고 말했는데도 또 저 소리다.

"다음 시간엔 반바지 입어! 보기만 해도 덥다."

"저어……, 다리에 흉이 있어…서…요."

"그럼 알아서 해."

우리 반 애들이 몽땅 나를 불쌍하다는 눈으로 쳐다보았다. 특히 여자애들이.

"어이, 사이다! 하마처럼 뚱뚱하고 뒤뚱거리는 데다가 다리에 흉터까지 있으니 너는 연애하기는 애당초 글렀다. 쯧쯧."

이렇게 말하며 내 어깨를 툭 치고 지나가는 놈들 뒤로 선해랑 다른 여자애들이 오고 있었다.

'으이구, 저 자식을. 그냥. 확!'

여자애들은 자기들끼리 킥킥대며 지나갔다. 쥐구멍에라도 들어가고 싶었다. 월요일 체육 시간에는 아파서 못한다고 둘러대든지 해야겠다. 아차, 매달리기 시험이라고 했지. 철봉에 손바닥 대자마자 밑으로 주르륵 떨어질 텐데, 뭐. ……하나마나다.

내가 땅으로 떨어지는 속도를 보면 중력의 힘이 얼마나 큰지 누구나 혀를 내두를 게 분명하다.

에이 씨, 학교 가기 싫어. 누가 학교를 확, 폭파해 버렸으면 좋겠다.

알프레드! 제발 도와줘! 내 말 듣고 있니?

신선해

"아빠! 아빠도 엄마랑 성관계해서 나 낳았어?"

선미가 현관문을 열고 쿵쾅거리며 들어왔다. 선미는 들어서자마자 신발 벗기 무섭게 소파에 누워 텔레비전을 보던 아빠한테 냅다 물었다. 나는 엄마 몰래 우유갑을 통째로 들고 마시는 중이었다. 느닷없고 엉뚱한 질문에 우유가 목에 콱, 걸렸다. 켁, 나는 입술 사이로 우유를 줄줄 흘리고 말았다.

'아이고, 저 쪼다, 멍청이, 머저리, 돌대가리.'

선미는 열두 살이다. 친구 생파(생일 파티)에 갔다가 어디서 무슨 얘기를 주워듣고 왔는지 대낮부터 낯 뜨거운 질문질이다. 아무리 초딩이라고 해도 정말 무식하다. 아빠는 고개를 까딱거리면서 졸고 있다가 마른하늘에 웬 날벼락이냐, 하는 표정으로 눈을 끔뻑거렸다.

"아빠도 엄마랑 성관계 가져서 나 낳았냐고?"

아빠는 귀까지 벌게져서 우물쭈물하고 있었다. 엄마가 샤워를 마치고 욕실 문을 열고 나왔다.

"웬 개뼉다구 같은 말이냐? 생일 파티 갔으면 맛있는 거나 먹고 올 일이지, 어디서 요상한 야그는 듣고 와서."

나는 얼른 손에 들고 있던 우유갑을 냉장고에 넣고 바닥에 흘린 우유를 닦았다. 완전 범죄 성공!

"신선미. 그걸 말이라고 하니? 그럼 너랑 나랑 다리 밑에서 주워 왔겠냐, 삼신할미가 데려왔겠냐. 엄마 아빠가 거시기 해서 낳은 거지."

나는 알 건 다 아는 중딩이다. 그것도 3학년. 저런 거나 물어보고 있는 선미가 한심했다.

"아이, 불결해."

가만히 눈치를 보던 선미가 말했다.

"그려. 거시기 혀서 낳았다. 서로 좋아하고 사랑하는 사이니까 거시기도 했지."

엄마는 머리카락에서 흘러내리는 물기를 수건으로 닦으면서 말했다. 아빠는 괜히 콧구멍만 파면서 킁킁거리고 있었다.

"신선해! 신선미! 귀신 씻나락 까먹는 소리 그만하고 시험공부나 하시지. 기말고사가 내일모레잖아."

"엄마, 나 서현이랑 시험공부 같이 하기로 했거든. 갔다 올게."

나는 전쟁터에서 빠져나갈 적당한 핑계를 찾아 도망쳐야 했다. 이럴 때는 머리가 잘 돌아가신다는 말씀.

"같이 모여 수다나 떨지, 공부가 되겠어? 집에서 해!"

"걔네 집에는 빵빵한 에어컨 돌아가. 우리 집은 너무 더워서 집중이 잘 안 된다고."

"하긴. 저 에어컨 고장 나서 바꾸기는 해야 할 텐데. 에이그, 저 화상은 에어컨 바꿔 줄 생각을 안 하네."

엄마는 콧구멍을 파고 있던 아빠한테 눈총을 주면서 안방으로 들어갔다. 우리 아빠는 엄마가 에어컨 얘기할 때는 '화상'이 되고 쌍꺼풀 얘기할 때는 '느이 아빠'가 된다.

선미는 멍 때리는 얼굴로 나한테 이렇게 물었다.

"언니, 그런데 저 둘은 정말 좋아하기는 한 거야?"

"난들 알겠냐."

"그런데, 언니 가슴은 납작 가슴이잖아? 그래도 애는 낳을 수 있는 거야?"

"이걸 그냥 확! 애 낳는 거랑 가슴이랑 뭔 상관인데?"

드디어 내 머리꼭지가 돌았다.

"나, 결혼 안 할 거거든. 초딩인 주제에 네가 뭘 안다고 쫑알거리냐?"

나는 선미 머리를 콱, 쥐어박고 내 방으로 들어왔다. 선미는 으앙, 울음을 터뜨렸다.

"이것들아, 너희들은 왜 붙었다 하면 쌈박질이야?"

나는 책과 프린트해 둔 종이 그리고 끈을 가방에 집어넣고 얼른 집을 나왔다. 요즘 이거라도 붙들고 있어야 그나마 마음이 편하다. 엄마의 잔소리를 듣느니 집을 나오는 게 백 번 천 번 나았다. 갑자기 집을 탈출하게 된 터라 어디로 가야 할지 막막했다. 일요일인데 남의 집에 가는 것도 실례이고. 누구를 불러낼까, 고민하다가 수연이한테 전화를 했다.

"야, 나와서 놀래?"

"더워. 엄마가 집에서 시험공부 하래."

나는 안경을 고쳐 쓰고 눈을 들어 하늘을 보았다. 구름이 살짝 끼어 있었지만 구름 뒤에 숨어 있는 태양이 뜨겁게 보이는 날이다.

'그래. 저렇게 내 가슴도 활활 타오른단 말씀이다.'

뒷산이나 올라가서 정자 그늘에 앉아 있다 와야겠다. 산이라고 해 봐야 작은 언덕배기일 뿐이지만 운동 기구랑 정자가 있어서 애들이랑 가끔 몰려가는 곳이다. 생각나는 곳이 거기밖에 없다니.

꿀꿀한 날이다. 아마 가슴 때문에 고민하는 애는 나밖에 없을 거다. 친구들이 찜질방에 가자고 해도 납작 가슴이 창피해서 같이 목욕을 할 수가 있나, 수영장이라고 해서 마음대로 갈 수가 있나, 정말 이 세상에 나 혼자밖에 없는 것 같다. 애시당초 비밀을 만들지 말았으면 좋았을 텐데. 난 찌질이에 못난이 겁쟁이다.

사람들은 그리 많지 않다. 물통이라도 들고 나올걸. 목이 탄다.

김사이

당신을 정상적인 몸매로 만들어 드립니다.
무의식 속의 마음을 훈련시켜 원하는 몸매로 만드는
강력한 훈련을 지금 바로 시작하십시오.
　　　　　　- 알프레드 박사의 10단계 프로그램

1단계 : 자신이 원하는 몸을 상상하십시오.
2단계 : 당신이 자신감 있는 모습으로
　　　　어떤 행동을 하는지,
　　　　어떤 표정으로 행동하는지,
　　　　어떤 목소리로 말하고 있는지,

어떻게 행동하는지, 마치 영화를 보고 있는 것처럼 눈앞에 그려 보십시오.

책상 위에 붙어 있는 종이를 노려보았다. 나는 매일 알프레드 박사가 시키는 대로 '정상적인 몸매 만들기 프로젝트'를 10단계까지 했다. 하지만 아무리 내 무의식에 강력한 메시지를 보내도 소용이 없다. 오늘은 성질이 나서 확, 종이를 뜯어 버렸다. 갈가리 찢어 쓰레기통에 처박았다. 무의식보다는 의식에 투자를 하고 훈련을 하는 것이 더 바람직한 것 같다.

형은 오늘도 농구를 하러 간다고 했다. 오늘따라 더 짧은 반바지를 입고 나왔다. 같은 반 여자애들이 응원하러 온다나 뭐라나 하면서.

"사이야, 넌 오늘도 방구석에 콕, 처박혀 있을 거냐?"

"더워 죽겠어. 이런 날은 집이 최고야."

"그러니까 돼지처럼 자꾸 살이나 찌지. 잘하면 은둔형 자폐아 나시겠다."

"에잇 씨! 자폐아가 되든 너폐아가 되든 뭔 상관인데?"

"그럼, 이 몸은 나가신다. 빠이빠이!"

나는 가운뎃손가락을 내밀어 형에게 엿을 먹였다. 형은 낄낄거리면서 혀만 쏙 내밀고 문을 닫고 나가 버렸다. 형은 더운 날 불난 집에 부채질까지 하고 나갔다. 돌겠다.

그래도 형의 뒷모습이 멋있는 건 어쩔 수 없다.

안 되겠다. 어떻게 해서라도 살을 빼서 형의 코를 납작하게 만들어야지. 그런데 어떻게 하지? 우선 매일 뒷산에라도 올라가 볼까? 거기 운동 기구도 있으니 죽어라 운동도 하고. 그리고 저녁 6시 이후로는 물 한 모금이라도 절대 먹지 말고.

지금 당장, 고우!

겁나게 운동을 하려면, 이 더운 날 긴 바지를 입고 나갈 수는 없다. 반바지를 입는 게 좋겠지. 하지만 초등학교 6학년 이후로는 반바지를 입고 밖에 나가 본 적이 없으니 끼워 입고 나갈 반바지가 있나. 집에서 입는 반바지는 차마 입고 나갈 수가 없을 것 같았다. 하지만 그나마 제일 헐렁하게 입을 수 있는 바지는 이거밖에 없다. 바짓단에 유치하게 파란색 단이 들어가 있기는 하지만 그럭저럭 입을 만했다. 할 수 없다. 이것밖에는 없으니.

혹시 모르니까 모자를 쓰고 나가자. 아는 여자애들이라도 만나면 모자를 푹 눌러쓰는 수밖에.

밖은 무지 더웠다. 땀이 차서 바지가 들러붙었다. 윗도리도 마찬가지다. 하지만 내 몸매를 위해 이 정도 투자쯤이야 충분히 각오해야 한다. 뒷산에 올라오니 그래도 나무 그늘은 시원했다. 그런데 저게 누구신가?

'오잇! 선해다, 신선해. 쟤가 웬일로 여기에 왔을까?'

내 가슴은 두근거리기 시작했다. 아니, 가슴은 원래부터 두근거렸다. 안 그러면 난 이미 벌써 죽었겠지. 크크크.

나는 얼른 나무 뒤에 숨었다. 이 몰골로 선해 앞에 나설 수는 없다.

선해는 내가 초딩 때부터 좋아하던 애다. 사실 나에게 던진 심각했던 한마디에 내 중딩 생활이 완전 지옥 같기는 했지만 그래도 나는 선해가 좋다. 안경 너머로 가끔씩 웃는 눈하고 마주치면 그야말로 뿅 간다.

알맞게 살이 붙은 허벅지에, 알맞은 키에, 알맞은 눈에, 알맞은 입술에, 알맞은 팔뚝에, 알맞은 허리에, 알맞은 가슴에, 알맞지 않은 게 어디 하나라도 있는가 말이다. 성격까지도 알맞게 착하다.

어제 체육 시간에 매달리기를 하는데, 선해의 체육복 윗도리가 살짝 올라가 배꼽이 보였다. 어쩌면 배꼽도 저리 알맞을까, 하는 생각을 했다. 그리고 봉긋 솟아오른 가슴도 어찌 그리 알맞게 탱글탱글하게 보이는지.

얇은 체육복 위로 오르락내리락하는 가슴을 보고 있자니 괜히 헐떡거리다가 숨이 막혔다. 보드라운 두 개의 가슴 봉우리가 손안에 들어와 있는 상상을 하니 저절로 눈이 감겼다.

알프레드 박사의 10단계 프로그램에서는 그렇게 상상력이 부실했던 내가, 선해를 상상할 때는 온몸의 세포가 다 알아서 일어서는 것만 같았다. 가서 확, 안아 보고 싶은 마음이 굴뚝같았다. 침만 꼴깍 삼키고 말았지만 말이다.

그런데 오늘은 선해 얼굴이 완전 똥 씹은 얼굴이다. 가방까지 메고 앉아서 무슨 생각을 저리 하고 있을까? 선해는 주위를 두리번거리더니 작은 오솔길이 나 있는 쪽으로 걸어갔다. 나는 모자를 푹 눌러쓰고 그쪽으로 슬금슬금 가 보았다. 선해는 한숨을 포옥 내쉬더니 가방에서 끈을 꺼냈다. 하얀색 끈인데 제법 굵직하다. 선해는 여기저기 나뭇가지를 살펴보더니 손에 들고 있던 끈을 나뭇가지에 걸었다.

'설마, 쟤가······.'

어떻게 하지? 이 꼴로 선해 앞에 나설 수도 없고, 그렇다고 이 세상을 뜨려는 안타까운 목숨을 못 본 체하고 그냥 넘어갈 수도 없고, 더군다나 나의 짝사랑 선해 아닌가.

선해는 가방을 내려놓고 다시 똥 씹은 얼굴을 하더니 무슨 종이쪽지를 꺼냈다.

'틀림없어. 쟤가······.'

마음이 급했다.

나는 다다다다, 달리고 싶었지만 엉거주춤 헉헉 달려갔다.

선해한테가 아니라 운동 기구 옆에서 운동을 막 시작하려고 하는 어떤 아저씨한테.

자초지종을 설명했다. 나는 나설 수 없으니 아저씨가 가서 말리라고 말이다. 착하게 생긴 아저씨는 고개를 갸웃하더니, 오솔길 쪽으로 갔다. 나는 아저씨의 뒤를 따라 선해가 있는 쪽으로 살금살금 따라갔다. 선해는 아까 그 자리에 있었다. 끈을 만지작거리면서 종이쪽지를 보고 있었다. 한숨을 푹 내쉬면서.

마지막 최후의 얼굴. 모든 집착을 버리고 초월한 듯 보이는 저 모습. 여전히 봉긋 솟아오른 가슴은 오르락내리락.

'저 알맞게 솟아오른 가슴을 저버리고 가서는 안 된단 말이다, 선해야······.'

신선해

하라는 게 뭐, 이렇게나 많은 걸까. 하지만 여기에 적힌 대로만 해서 가슴이 커진다면야 못 할 것도 없지.

작은 가슴을 크게 만드는 방법
1. 양손에 끈을 잡고 팔꿈치를 들어 올린다. (이때 끈은 안전한 곳에 걸쳐 둔다.)
이 상태에서 머리 위로 두 팔을 들어 올렸다가 내린 다음 가슴 앞으로 양팔을 모은다.
이 동작을 10회 반복.
2. 양손에 책을 한 권씩 잡고 팔꿈치를 굽혀 두 팔을 양옆으로 벌리면서 숨을 들이쉰다.
숨을 내쉬며 가슴 쪽으로 팔을 모아 준다.
팔꿈치는 서로 닿도록 해서 팔꿈치에서 손까지 브이 자 모양이 되게 한다.
이 동작을 20회 반복.

나는 종이에 프린트를 해서 가지고 온 '가슴 커지는 방법 10가지'를 뚫어지게 바라보고 있다. 일단 동작을 머릿속으로 상상해 보니 무척 까다롭다.
"휴~우, 힘들어. 꼭 이렇게까지 하면서 살아야 하나?"
그때였다. 웬 아저씨가 갑자기 나타나 내 손목을 붙들었다.

"무슨 소리야, 학생. 살아야지."

난 너무 깜짝 놀랐다. 치한인가 싶어서 손을 뿌리치고 뒤로 물러섰다.

"네에? 뭐가요?"

"힘들어도 이러면 못써요. 앞으로 살아갈 날이 얼마나 많은데……."

"그래요. 저 살아갈 날 많아요."

나는 안경 너머로 이상한 아저씨를 바라보면서 경계를 늦추지 않았다.

"그러니까 왜 죽느냐고."

"죽긴 누가 죽어요."

"그럼 이 끈은 왜 나뭇가지에 걸었어?"

"아~하. 이거요? 우헤헤헤."

나는 갑자기 미친 듯이 웃음이 터져 나왔다.

"아니, 이 학생이……."

"이거요? 운동하고 있는 거예요."

나는 비어져 나오는 웃음을 간신히 참으며 어이없다는 투로 말했다. 아저씨는 나보다 더 어이없다는 얼굴을 하고 껄껄 웃으며 정자 쪽으로 갔다.

참 별일이다. 요즘은 옆에서 사람이 죽어 나자빠져도 나 몰라라 하는 세상인데 저런 아저씨도 다 있다니. 세상 참, 오래 살고 볼 일이다.

나는 1번 동작을 하려고 다시 한 번 프린트해 온 종이를 뚫어지게 보았다.

'가슴 키우기 증말 힘들어.'

김사이

나는 멀리서 가슴을 졸이며 선해와 아저씨를 보고 있었다. 그런데 서로 몇 마디를 주고받더니 선해가 허리를 잡고 웃기 시작했다. 이어서 아저씨도 껄껄거리며 웃었다.
'저게 어떤 시추에이션이란 말인가.'
아저씨가 이쪽으로 오고 있었다.
"아저씨, 어떻게 된 거예요?"
"인석아, 운동 중이시란다."
아저씨는 내 뒤통수를 살짝 한 대 치고는 갔다.
'운동? 운동을 하려고 끈을 나뭇가지에 걸었단 말이야?'
황당했다. 선해는 종이쪼가리를 보며 이상한 동작들을 하고 있었다.
'휴우~ 그럼, 그렇지. 괜히 오버했네.'
모든 게 다 알맞은 선해도 운동을 다 하다니. 그런데 운동도 별 희한한 운동을 다 하고 있다. 짝사랑 선해마저 운동을 하는데 내가 못할 게 뭐가 있느냐 말이다.

나는 고개를 들고 산봉우리를 쳐다보았다. 산은 참 높다. 밑에서 보는 산은 더 높게 보인다. 등산 코스로 뻗어 있는 산길로 발걸음을 옮겼다. 운동이라면 'ㅇ' 자도 싫어하는 나다. 다시 내려올 산을 뭐하러 낑낑대며 올라가는지, 등산하는 사람들을 보면 도대체 이해할 수가 없다. 산을 쳐다보는 것만으로도 숨이 막혔다. 하지만 나는 씩씩하게 발걸음을 옮겼다.

산은 처음에는 만만했지만 올라갈수록 숨통을 조여 왔다. 정상까지 어떻게 가나, 한숨이 나오고 땀은 비 오듯 쏟아졌다. 내가 왜 이러고 있나. 미친 짓 같다. 꾸불꾸불하고 가파른 산길이 마치 내 중딩 생활의 험난한 코스처럼 느껴졌다. 한참 올라가는데 이러다가는 숨이 막혀 죽을 것 같아 작은 그루터기에 퍼질러 앉아 땀을 식혔다.

멀리 바라보이는 산봉우리들을 보고 있으니 앞으로 가야 할 길이 더 힘들게 느껴졌다.

'오늘은 첫날이니까 여기까지만 하고 내려갈까?'

입을 벌리고 숨을 크게 쉬어 봐도 힘들다.

신선해

"엄마! 나는 왜 가슴이 이렇게 작은 거야. 아무래도 수술해야 할 것 같아. 완전 빈대야. 절벽이라고!"

나는 교복을 입으면서 투덜거렸다.

"신선해 양, 뽕브라 하면 되거든요. 수술은 뭔 수술? 머리에 피도 안 마른 게 수술은."

"엄마는 허구한 날 쌍꺼풀 한다고 난리면서 나는 왜 안 되는데?"

"너 대학 졸업해서 좋은 직장 잡아 돈 많이 벌면 수술해라~아. 아니면 결혼해서 남편보고 시켜 달라고 하든지."

엄마 말에 나는 풀이 죽어 문을 열고 나왔다. 내 성적에 좋은 대학 가기는 글렀고, 그러니 수술하기도 글렀다. 날은 왜 이렇게 팍팍 찌는지. 뽕이 잔뜩 들어간 브라자에 손수건까지 끼워 넣었으니 더 더운 것 같다.

드디어 체육 시간.
올 것은 오고야 만다. 우리 학교 체육복은 옷감도 진짜 후졌다. 속옷이 다 보일 지경이다. 나는 잔뜩 신경을 써 가며 맨손 체조를 했다. 팔을 올릴 때도 조심조심. 내릴 때도 조심조심.
우리 학교 체육 선생님의 매달리기는 특이하다. 1단계, 철봉을 목 근처에 대고 팔을 굽혀서 매달리기. 2단계, 그렇게 매달리다가 힘이 빠지면 팔을 쭉 펴고 그야말로 철봉에 대롱대롱 매달리기. 나한테는 2단계가 죽음의 코스다.
"야! 야! 두 사람씩 나온다. 번호순으로!"
앞에서 악다구니로 버티는 애들을 보고 있자니 눈은 자꾸 가슴 쪽으로만 쏠렸다. 다른 애들 가슴은 통통하니 봉긋했다. 슬쩍 아래로 눈을 깔고 내 가슴을 보았다. 내 것도 봉긋하게 솟아 있다. 빵빵하게 들어간 뽕에다가 손수건까지 집어넣었으니 봉긋하지 않으면 그게 더 이상하지.
드디어 내가 할 차례.
나는 철봉에 눈을 고정한 채 손가락을 잘 펴고 철봉을 꽉 쥐었다. 그런데 난데없이 와아! 하는 함성 소리가 들렸다. 고개를 들어 앞을 보았다. 학교 매점 아저씨가 땀을 뻘뻘 흘리며 아이스크림을 가지고 오는 게 보였다.

"오늘 내가 쏜다고 했지? 내가 쏜다면 쏘는 사람이거덩."

체육 선생님이 거들먹대며 말했다.

"이쪽 한 줄이 한 팀이고, 저쪽 한 줄이 한 팀이다. 지금 이기는 사람이 속한 팀한테 아이스크림 몰아주기!"

선생님 말이 끝나자마자 아이들은 알아듣기 힘든 광란의 소리를 질러 댔다.

이게 무슨 운명의 장난이냐. 나는 대충 매달리는 척하다가 내려올 생각이었는데. 앞에 앉아 있는 우리 팀 아이들이 손뼉을 치며 내 이름을 부르기 시작했다.

"신선해! 신선해! 신선해! 힘내라, 힘!"

그러자 다른 팀 아이들이 질세라 짝꿍 이름을 부르기 시작했다.

"이마리! 이마리! 이겼다! 이겼다!"

삑! 호각 소리가 들렸다. 나와 내 짝꿍은 눈을 감고 매달리기를 시작했다. 나는 대충 하고 내려올 수가 없었다. 아이들이 신선해라는 내 이름을 크게 외쳐댈수록 점점 나는 마법에 걸려든 포로가 되어 갔다. 뭔가 알 수 없는 힘이 손에서 불끈 솟아올랐다. 아이들이 이렇게 나에게 열광했던 적이 있었나. 내 정신은 몽롱해졌다.

'그래, 알았어. 알았다고, 이긴다니까.'

그 순간 얼굴에 피가 확, 몰리면서 아무 생각도 할 수가 없었다. 그저 철봉을 쥔 손목에 모든 힘을 한데 그러모았다. 손에서 벗어나려는 철봉을 부여잡느라고 온몸이 사시나무 떨리듯 부들부들 떨렸다. 으드득, 어금니에 힘을 꽉 주었다.

"신선해! 신선해!" 하고 불러 대는 아이들의 목소리는 나를 어두운 터널 속으로 계속 몰아넣었다. 터널 속은 암흑천지다. 눈은 마치 순간접착제에 딱 달라붙은 것처럼 떠지지 않았다.
……얼마나 그러고 있었을까. 나는 그만 정신이 나간 게 틀림없다.

"와아!"
아이들의 함성 소리가 아스라이 들려왔다. 딱 달라붙어 있던 눈이 퍼뜩 떠졌다. 내가 이겼다. 우리 팀이 이긴 거다. 순간, 나는 손목에서 힘이 빠져 밑으로 털썩 떨어졌다. 그제야 외출했었던 정신이 돌아왔다.
나의 뽕브라자!
나도 모르게 얼른 가슴을 내려다보았다. 두 개의 봉우리가 거의 턱 밑까지 기어 올라와 있었다. 게다가 브라자 속에 끼워 둔 손수건이 어쩐 일인지 브이 자로 파진 체육복 목둘레 바깥으로 삐죽 고개를 내밀고 있는 게 아닌가.
'오 마이 갓!'
아이들은 자기가 좋아하는 아이스크림을 서로 먼저 차지하느라 나한테 신경 쓸 여유가 없어 보였다. 다행이었다. 나는 그 틈에 고개를 숙이고 운동장 끝에 있는 화장실로 냅다 달리기 시작했다.
"야! 신선해! 어디 가! 아이스크림 안 먹어?"

'안 먹어. 너희들이나 많이 먹으셔.'

김사이

괜히 알프레드를 버렸나 보다.

책상 위에 붙어 있을 때는 그거라도 보면서 위안을 삼아 10단계까지 열심히 했는데, 알프레드의 몸매 관리 프로젝트가 없으니 허전해 미치겠다. 어제 산 정상까지 갔다 와서 그런지 장딴지가 딱딱하게 뭉쳤다. 만져 보니 아프다. 산을 계속 오르다 보면 근육이 생겨 더 뚱뚱해지는 건 아닌지 모르겠다. 앞으로 계속 정상까지 올라갔다가 내려와야 할지 고민이다.

으윽, 체육 시간.

오늘도 난 긴 바지다. 체육 선생님이 왜 긴 바지 입었냐고 물어보지 않아 정말 다행이다. 날씨는 무지하게 덥다. 여자애들이 먼저 철봉에 매달렸다. 악착같이 매달리는 애들도 있고, 올라가자마자 톡 떨어지는 애들도 있다. 조금 있으니 나의 선해가 올라갔다. 선해의 가슴은 오늘도 알맞은 모습으로 아름답게 솟아 있다.

갑자기 아이들이 내지르는 소리에 뒤를 보니 매점 아저씨가 아이스크림을 가지고 오셨다. 체육 선생님이 쏘는 거란다. 해가 서쪽에서 뜨겠다. 저 구두쇠가 웬일일까? 뭔가 잘못한 일이 있는 게 분명하다. 아이들 입막음용으로 뇌물을 쓰는 게 확실하다. 하지만 웬 떡이냐. 주겠다는데 먹어야지.

오우! 선해가 끝까지 버티고 있다니. 대단하다. 그런데 이상한 일이다. 선해의 봉긋 솟은 가슴이 자꾸만 위로, 위로 올라가는 게 아닌가.

'이상하다, 이상해.'

얼굴을 점점 벌겋게 물들이며 선해가 온 힘을 다하고 있는 동안, 더욱 이상한 일이 벌어졌다. 선해의 체육복 윗도리 목 근처에 뭔가 허연 게 삐죽 튀어나온 것이다.

'저게 뭐지?'

드디어 선해가 이겼다. 그런데 철봉에서 내려온 선해 얼굴은 완전 똥 씹은 얼굴이 되었다. 정자에서 봤던 얼굴보다 더 심각하다. 선해 팀 아이들은 아이스크림을 먹게 되었다고 난리들이다.

그. 런. 데.

선해의 올라간 가슴이 내려올 줄을 모른다.

그. 리. 고.

나는 못 볼 것을 보고야 말았다.

선해가 올라간 가슴을 아무도 모르게 손으로 쓰윽, 내리는 모습을.

목 근처까지 올라갔다가 내려오는 가슴은 무슨 가슴이란 말인가. 그렇다면 저것은 선해의 원격 조종 가슴? 매달리기에서 이겨 놓고도 풀이 죽은 선해는 고개를 숙이고 운동장을 가로질러 화장실로 뛰어갔다.

내가 그동안 선해에 대해 모든 것이 알맞다고 생각했던 것은 사실이 아닐지도 모르겠다. 선해의 탱탱하게 봉긋 솟아올라 있던 가슴은 허구일지도 모르겠다.

하지만 뭐, 무슨 상관이겠냐. 온 세상이 사실은 허구투성이에 거짓말투성이인걸. 내 바지 속에 감추어진 하마다리나 선해의 원격 조종 가슴 정도야, 그래 봐도 약과지.

원격 조종 가슴이 뭔 상관이냐. 다른 게 알맞은데.

알맞은 얼굴, 알맞은 입술, 알맞은 허벅지, 알맞은 허리, 알맞은 키, 알맞은 팔뚝, 또 거기다가 알맞게 착한 성격까지. 나보다는 모든 게 훨씬 알맞게 자란 아이인걸.

내가 자기를 이렇게 좋아하고 있는 줄 쟤는 알까?

신선해

전쟁 같은 하루가 지났다. 현관문을 열었다. 털썩, 가방이 어깨에서 바닥으로 힘없이 떨어졌다.

'이거 내가 뭐 하며 사는 거지? 왜 이렇게 살아야 하는 거지? 누구를 위해서……. 정말 비참한 하루였어. 혹시 누가 봤을까? 기어 올라간 가슴을. 앞으로 또 이런 일 생기지 말란 법도 없고. 그때는 완전히 아이들 웃음거리가 될 거야. 이렇게 사는 거 너무 힘들어. 아, 내일은 어떻게 학교에 가나.'

나는 내 방에 들어가 그놈의 뽕브라자를 벗어 던졌다. 그리고 서랍 깊숙이 넣어 두었던 작은 브래지어를 꺼내 입었다. 이제야 브래지어는

내 몸에 잘 맞았다.

'처음부터 이러면 됐을 텐데. 괜히 가짜 가슴을 만들어서 이 생고생이나 하고······. 그런데 갑자기 통통한 가슴에서 납작한 가슴으로 내려가도 되는 걸까······. 너무 멀리 와 버린 건 아닐까.'

"선해 왔냐? 엄마 눈! 드디어 내려갔다! 정상으로!"

안방에 있던 엄마가 거실로 나오며 들뜬 목소리로 말했다.

'나도 내려왔어요. 뽕브라 산에서요.'

엄마가 매일 틀어 놓는 그 노랫소리도 따라 들려왔다. 엄마가 좋아하는 애창곡. 김민기 아저씨의 노래.

허나 내가 오른 곳은 그저 고갯마루였을 뿐.
길은 다시 다른 봉우리로.
거기 부러진 나무 등걸에 걸터앉아서 나는 봤지.
낮은 데로만 흘러 고인, 바다.
작은 배들이 연기 뿜으며 가고.

이봐 고갯마루에 먼저 오르더라도
뒤돌아서서 고함치거나
손을 흔들어 댈 필요는 없어.
난 바람에 나부끼는 자네 옷자락을
이 아래에서도 똑똑히 알아볼 수 있을 테니까 말야.
또 그렇다고 괜히 허전해하면서

주저앉아 땀이나 닦고 그러지는 마.
땀이야 지나가는 바람이 식혀 주겠지 뭐.
혹시라도 어쩌다가 아픔 같은 것이 저며 올 때는
그럴 땐 바다를 생각해.
바다……
봉우리란 그저 넘어가는 고갯마루일 뿐이라구.

"아이고, 더워서 쪄 죽겠네. 이 화상은 언제 에어컨 바꿔 주려나……"
엄마의 투덜거리는 소리가 더위에 잔뜩 눌어붙은 채 문틈으로 들려왔다.

정승희

몇 십 년 전, 지구에서 태어났어요. 그전에는 어디에 있었는지 계속 기억을 더듬어 생각 중이고요. 혼자 여행하는 것을 정말 좋아해요. 한참 걷다 보면 제 생각이 둥글둥글해지니까요. 낯선 곳을 걷다가 길을 잃어버리고 같은 길을 뱅뱅 도는 게 특기랍니다. 길은 잃어버리지만 나를 찾죠.
자연 이름은 들풀이고요, 자다가 봉창 두드리는 엉뚱한 소리를 한다고 해서 '봉창'이라고 부르는 사람들도 있어요. 지금은, 지구 말고 다른 곳으로 가기 전까지 무엇을 하면 즐거워질까, 고민 중이랍니다.
'새벗문학상'을 받으며 작품 활동을 시작했습니다. 「우리는 섬에서 살아」로 한국문화예술위원회에서 창작 지원금을 받았습니다. 그동안 지은 책으로 『눈으로 볼 수 없는 지도』 『알다가도 모를 일』 『손을 들면 흥이요, 발을 들면 멋이라』 『공주의 배냇저고리』(공저)가 있습니다.

읽고 나서

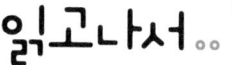

예쁜 나, 못생긴 나, 괜찮은 나

● 1. 소설 속 등장인물들은 자기만의 봉우리에 올라갔다가 다시 내려옵니다. 이들이 봉우리에 오른 원인은 무엇인지, 또 봉우리에서 내려온 원인은 무엇인지 적어 봅시다.

	선해 엄마	신선해	김사이
지금 오른 봉우리	쌍꺼풀 수술	뽕브라와 가슴 키우기 운동	
봉우리에 오른 이유			
봉우리에서 내려온 이유			

2. 주인공 선해와 사이가 서로 마음을 터놓고 이야기를 나눈다고 가정하고 다음 대화를 이어가 봅시다.

선해 : 나 같은 애를 누가 좋아하겠어?

사이 : _____

선해 : _____

사이 : _____

3. 선해는 가슴 때문에 고민하는 애는 나밖에 없을 거라고 우울해 합니다. 여러분도 남들은 모두 괜찮은데 나에게만 고민이 있다고 생각한 적은 없나요? 나만의 고민을 적어 봅시다.

4. 내가 좋아하고 사랑하는 사람, 내가 존경하는 사람의 외모를 묘사해 봅시다. 그리고 내가 그 사람을 사랑하고 존경하는 데 외모가 차지하는 비중이 얼마나 되는지 생각해 봅시다.

5. 다음은 『입 냄새 나는 개』라는 동화의 줄거리입니다. 읽어 보고, 여러분도 자신의 '단점'이 '장점'이 될 수 있을지 다음 표를 완성해 봅시다.

> 할리는 사람들을 좋아하는 개입니다. 그런데 할리의 입 냄새가 너무 심해서 사람들은 할리 옆에 오려고 하지 않고 모두 코를 막고 자리를 피하려고만 합니다. 할리의 가족은 할리에게 새 주인을 찾아주기로 합니다. 그런데 할리를 다른 집으로 보내기 전날 밤 집에 도둑이 들지요. 할리는 이 도둑들을 슬쩍 핥았는데 도둑들은 거실 바닥에 기절해 버리고 할리는 영웅이 됩니다. 이 일로 할리는 다시 가족들과 함께 살게 되었답니다.

내 모습	부정적인 평가	긍정적으로 보기
소심하다.	남의 눈치를 본다.	남을 배려하고 섬세하다.

6. 가방 안에 들어있는 단어 중에 자신이 갖고 있는 능력을 찾아 잘할 수 있는 능력은 O로, 향상시켜야겠다는 능력은 V로 표시 하세요. 가방 안에서 찾을 수 없는 단어지만 더 잘할 수 있거나 절실하게 잘할 필요가 있는 것들이 있다면 가방 밑 작은 주머니에 적어 봅시다.

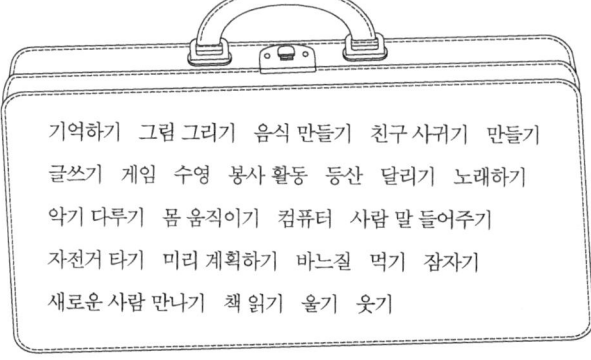

기억하기 그림 그리기 음식 만들기 친구 사귀기 만들기
글쓰기 게임 수영 봉사 활동 등산 달리기 노래하기
악기 다루기 몸 움직이기 컴퓨터 사람 말 들어주기
자전거 타기 미리 계획하기 바느질 먹기 잠자기
새로운 사람 만나기 책 읽기 울기 웃기

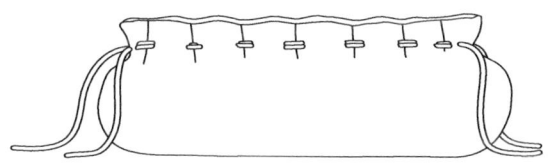

7. 다음은 하이힐을 신은 발과 발레리나의 발입니다. 두 사진을 비교하며 아름다움을 평가하는 기준은 어디에 있는지 생각해 봅시다.

 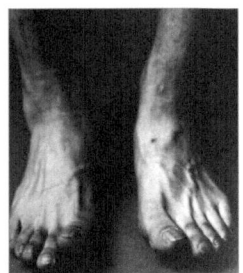

8. 다음 신문기사를 읽고 아름다움의 기준에 대해 생각해 봅시다.

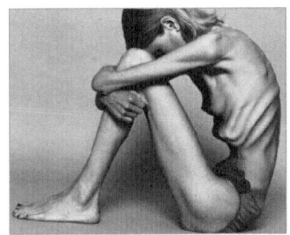

프랑스의 여성 모델 이사벨 카로(28)가 지난달 17일 사망한 것으로 29일 밝혀졌다고 영국 BBC 방송이 보도했다. 스위스의 가수 빈센트 비글러는 카로가 지난 11월 17일 호흡 부전으로 사망했다고 밝혔다. 비글러는 그러나 카로의 정확한 사인은 알지 못한다고 덧붙였다. 카로는 모델로서는 크게 성공하지 못했다. 하지만 그녀는 지난 2007년 세계적으로 유명한 사람이 됐다. 당시 165cm의 키에 몸무게가 겨우 32kg밖에 나가지 않던 카로는 여성 모델들에게 마른 몸매를 강요하는 모델계의 관습이 많은 여성 모델들을 식욕 부진에 빠지게 만든다며 여성 모델들을 죽음으로 몰아가는 이러한 관행은 사라져야 한다며 누드로 여성 모델들의 다이어트 강요에 반대하는 캠페인 포스터를 촬영, 큰 반향을 일으켰다.

그녀가 촬영한 포스터는 몇몇 나라들에서 게시가 금지되기도 했지만 그녀의 캠페인은 큰 논란을 불렀다. 그녀의 포스터 촬영 이후 여성 모델들에게 마른 몸매를 강요하는 것은 부당하다는 주장들이 힘을 얻기 시작했다. 그녀 역시 모델 활동을 위해 마른 몸매를 유지해야만 했고 이 때문에 그녀는 건강을 해쳤다. 그녀는 당시 "여성 모델들에 대한 다이어트 강요는 결국 모델들을 죽음으로 내모는 것이라는 사실을 내 몸을 통해 알려야 한다고 생각했다"고 밝혔었다.

카로의 장례식은 지난달 가족들과 친지들만 참석한 가운데 치러졌다고 그녀의 한 친지는 전했다.

〈한겨레〉 2010. 12. 30.

읽기 전에

"어린 게 뭘 안다고!"라고 말하던 어른들은 또 "나잇값 좀 해라!" 하고 야단을 치기도 합니다. 천방지축 철부지라고 어린애 취급을 하면서 동시에 이제는 다 컸으니 뭐든 알아서 하라고 닦달하기도 하는 거지요. 어쩌라는 건지 쭈뼛쭈뼛하고 있으면 또 애늙은이처럼 무기력하게 한숨만 쉬고 있다고 나무라지요. 더 이상 어린애도 아니지만 아직 어른도 아닌 십 대, 이 애매한 시간을 어떻게 건너가면 좋을까요?

이 소설은 갑작스런 아빠의 죽음으로 가장 아닌 가장이 되어 버린 규성이의 이야기입니다. 규성이의 가장 노릇은 만만치 않습니다. 점심 급식비를 마련하려고 치킨집 배달 일을 하고, 대학에 가는 대신 기술을 배워 빨리 취직하기 위해 공고로 진학합니다. 규성이는 더 나은 미래를 위해 힘들지만 지금을 참고 견뎌야 할까요? 차라리 학교를 그만두고 일찌감치 어른의 삶을 살면 어떨까요? 힘든 상황이지만 규성이와 규성이의 친구들은 남들의 평가가 어떠하든 저마다 삶의 의지를 갖고 건강하게 살아갑니다. 반면에 몸은 어른이지만 마치 피터 팬처럼 계속 어린아이로 남아 있으려는 성인들도 있지요. 소설을 읽으며 어른이 된다는 것의 의미를 생각해 봅시다.

◇ ◇ ◇

　증조할머니가 돌아가셨다. 할머니 앞에 '증조'라고 붙이니까 무척 옛날 사람 같지만, 아빠의 할머니다. 아흔여섯. 거의 한 세기를 살다 가셨다. 작년에 돌아가신 아빠가 살아 계시다면 올해 마흔다섯, 그러니까 할머니는 아빠보다 두 배도 훨씬 더 되는 세월을 살다 가신 거다. 내가 아빠의 할머니에겐 증손자가 된다. 그래서 다들 천수를 누리셨다고 한다. 어쩌면 고손자를 볼 수도 있었을 것이다. 강씨 집안의 장손인 내가 아이를 낳았으면…….
　증조할머니는 열여섯 살에 열세 살인 증조할아버지한테 시집을 왔단다.
　"시집와서 처음엔 느그 증조할아부지가 나랑 같이 자지 않으려고 했어. 왜냐하믄 내가 이녁보다 나이도 많어 어렵기도 했지만, 그때까지도 자다가 이부자리에 오줌도 싸고 그래서 색시인 나헌티 챙피했거든! 어디 그뿐이었디야. 밖에 나가서 놀다 들어오믄 까마귀가 할아부지 할 만큼 땟국이 거무튀튀하게 흘러도 잘 안 씻으려고 하는 거여. 어이구, 참! 내가 어린 동생 세수 시키듯 맨날 씻어 주었단게! 그랬더니 차츰 나를 따름시롱 부엌에 살짝 고개 내밀고 '색시, 나 누룽지 좀…….' 하지 않았어. 그래서 나는 밥 지을 때마다 따로 누룽지 긁어 두었다가 챙겨서 어린 신랑 주고 그랬제. 그래서 느그 증조할아부지

별명이 누룽지 신랑이여!"

증조할머니는 시집살이의 고단함보다는 어린 신랑 때문에 겪었던 일이 더 오래 기억나는지 명절 때마다 그 이야기를 풀어 놓으시곤 했다. 그런데 그 할머니가 돌아가셨다. 증조할아버지가 여든 살에 돌아가셨으니까 증조할아버지 없이 혼자서 10년도 더 넘게 살다 돌아가신 것이다.

이제 아빠가 안 계셔서 내가 가장의 자격으로 장례를 치르러 가야 했다. '남자의 자격'이 아니라, '가장의 자격'으로 말이다. 아빠가 있을 땐 잘 몰랐는데 가장 노릇이 만만치 않다. 어린 나이를 핑계 삼아 피하고 싶다 해서 피할 수 있는 게 아니었다. 나이가 적든 많든 강씨 집안 장손은 장손인 것이고, 집에서도 아빠 대신 해야 할 일이 많았다.

시골에서 증조할머니 장례를 치르고 다시 서울에 왔다. 직계 존속의 장례에 갔다 온 것이라 학교에서 결석 처리는 하지 않았다. 하지만 결석 처리되지 않았다고 학교생활에 아무런 일이 없었던 건 아니었다. 그새 등록금과 급식비가 나와 있었다.

원래 건강 보험료를 많이 내지 않으면 학비와 급식비가 감면되었다. 아빠는 잡역부였지만 회사 소속이어서 건강 보험료를 제법 많이 냈다. 그러나 아빠가 세상을 뜨자 보험료가 팍 줄었다. 집이 있는 것도 아니고 다른 재산도 없는 데다 소득 잡히는 것도 없어 월 3만 몇백 원 낸다. 그런데 그 3만 몇백 원이라는 액수가 참 어중간했다. 2만 9천 원 미만이면 학비와 급식비 둘 다 감면이 되고, 4만 3천 원 미만이면 학비만 감면되고 급식비는 다 내야 된다. 그런데 천 몇백 원 차이로 급식비 감면이 안 되는 것이었다.

나 없는 동안 담임 선생님은 아이들 호구 조사를 다 마쳐 놓고 있었다. 나는 규정대로 학비 감면 대상으로만 분류를 해 놓았다.

"저는 그럼 점심은 굶어야 되는군요……."

자존심이 상했지만 나는 그렇게 말하지 않을 수 없었다.

담임 선생님은 내 사정이 딱해 기초 수급 대상자인지도 알아보고 한 부모 가정 자녀로 담임 추천까지 했지만 형편이 더 어려운 아이들이 많아 나는 자꾸만 뒤로 밀렸다. 그래도 나는 엄마가 있고 동생도 같이 살지만, 아예 부모 없이 할아버지 할머니하고 살거나 친척집에 얹혀사는 아이들이 많았다.

"어쩔 수 없지요, 제가 아르바이트해서 급식비는 마련해 볼게요."

담임 선생님도 처지가 참 난처한 모양이었다.

"그래, 규성이 네가 이해해 주어서 고맙다……. 우리 반 아이들이 원체 어려운 집안에서 학교에 다니는 이들이 많아서……."

우리 반 아이들만 형편이 어려운 것이 아니다. 공고 아이들 대부분이 어렵다. 중학교 때하곤 또 달랐다.

그래서 나는 꼬꼬큰닭치킨집에 배달원으로 취직하였다. 점심 급식이라도 내 돈 내고 먹으려고…….

"강 부장, 배달! 저기 사거리 오른쪽에 있는 세탁소 건물 알지? 거기 뒷집!"

가게에 들어서자마자 사장이 치킨 포장 꾸러미를 건네주며 배달을

지시했다. 미처 헬멧도 벗지 않은 상태에서 나는 다시 가게를 나와 오토바이에 올라탔다. 아직 열기가 식지 않은 오토바이에 시동을 걸었다.

나는 지금 꼬꼬큰닭치킨집의 배달 부장이다. 그래서 강 부장이다. 부장이라는 직함이 말하듯 다른 건 몰라도 배달만큼은 자신 있다. 더구나 이번 배달처럼 배달지가 확실한 곳은 더 쉽다. 번지가 복잡한 아파트 뒤 산동네도 지도만 보면 척척 찾아갈 수 있기는 하지만 지도 보고 궁리하는 시간이 걸리는 건 어쩔 수 없다.

작년까지만 해도 내가 '배달의 기수'는 아니었다. 그때만 해도 꼬꼬큰닭치킨집 닭을 먹던 소비자였으니까. 그런데 1년 사이에 소비자에서 배달 부장으로 위치 이동을 했다.

평범한 학생이자 꼬꼬큰닭치킨의 소비자였던 내가 꼬꼬큰닭치킨집의 배달 부장이 되었다는 건 내 삶이 송두리째 바뀌었다는 뜻이기도 하다. 중학생에서 공업 고등학교 학생이 되었고, 아빠 대신 돈벌이를 해야 하는 한 집안의 가장으로 내 신분이 바뀌었다.

아빠가 교통사고를 당하지 않았다면 어떻게 되었을까? 나는 지금 아주 평범한 인문계 고등학생이 되어 있을 것이다. 아빠가 힘들게 노동일을 했지만 나는 아빠의 희망을 등에 짊어지고서 비교적 고이 자라는 아이였으니까. 모르긴 몰라도 아빠는 나를 대학 보낼 욕심에 인문계 고등학교로 진학시켰을 것이다.

"규성아, 아빠다! 오늘 뭐 사 가지고 갈까?"

"꼬꼬큰닭치킨!"

아빠는 공사장에서 일을 끝내고 돌아올 땐 늘 집으로 전화를 해서 내게 간식거리를 물었다. 그러면 나는 그때마다 아주 당연하다는 듯이 꼬꼬큰닭치킨이 먹고 싶다고 했다. 그런데 이젠 그런 아빠가 없다. 그 대신 내가 꼬꼬큰닭치킨집의 배달 부장이 되었다.

아빠는 힘든 티를 좀체 내지 않으셨다. 뭐든 긍정적으로 생각하는 성격이셨다. 나와 동생이 원하는 것이면 뭐든지 해 주려고 애쓰셨다.

"너희들이 먹고 싶다는 건 뭐든지 먹게 해 주는 게 아빠의 즐거움이야! 아빠는 어려서 먹고 싶은 것 못 먹고 자라 키도 크지 않았거든!"

엄마가, 없는 살림에 걸핏하면 치킨까지 사다 먹으면 우린 언제 집 사려고 그러느냐고 했다. 그러면서 아빠가 애들 입맛까지 버려 놓는다고 눈을 흘겼지만 아빠는 먹고 싶을 때 먹는 게 제일 맛있는 거라며 우리 입을 늘 즐겁게 해 주셨다.

"집이야 굳이 내 집에 살아야 할 필요 없잖아. 아무 데 살아도 이렇게 오순도순 잘 살 수 있는데, 뭐. 또 예로부터 자식 입에 먹을 것 들어가는 것하고 내 논에 물 들어가는 것 보는 것이 세상에서 가장 즐거운 일이다 했어!"

엄마가 눈을 흘길 때마다 아빠가 되풀이하는, 아빠의 어록 같은 말씀이다.

사고를 당하던 날은 일이 끝날 무렵이 되었는데도 아빠의 다정한 전화가 없었다. 그래도 그러려니 했다. 동생이랑 엄마랑 먼저 저녁을 먹고 설거지가 끝났는데도 아빠 전화는 없었다.

"웬일이지? 들어올 때가 지났는데……, 왜 이렇게 늦지?"

그러면서 엄마가 벽시계를 쳐다보았다. 작은 바늘이 10자를 지나 있었다. 나는 아빠가 들어올 시간이 되었는데 안 들어오는 것보다는 오늘은 간식이 없다는 게 좀 아쉬웠다.

엄마가 아빠 휴대전화로 전화를 걸었다. 신호는 가는데 받지 않았다. 아빠가 전화 안 받는다고 엄마가 투덜댔다. 그래도 그러려니 했다. 전화야 못 받을 수도 있을 테니까. 집 안의 고요함과 평화로움이 깨진 것은 바로 그 순간이었다. 전화 수화기를 놓자마자 바로 전화가 울린 것이다. 전화를 받는 어머니의 음성이 당황스럽고 떨렸다.

"예? 어디라고요? 병, 원, 요?"

전화를 받다 말고 엄마가 제자리에 풀썩 주저앉았다.

나와 동생은 놀라 엄마를 쳐다보았다. 엄마가 어렵게 입술을 달싹거렸다.

"아빠가 교통사고를……."

엄마가 미처 말을 다 하지도 못한 사이 나와 동생은 거의 동시에 소리를 질렀다.

"예? 뭐라고요?"

엄마가 아무런 말도 하지 못한 채 고개만 저었다.

내가 엄마한테 물었다.

"아빠 어느 병원에 있대요?"

엄마가 가까스로 한마디 했다.

"이미……."

아빠가 죽었다는 얘기였다. 믿을 수 없는 일이었다.

병원 측에서 아빠 휴대전화에 찍힌 전화번호로 다시 전화를 건 것이다. 아직 경찰의 신원 조회가 끝나지 않아 연고자를 못 찾고 있었던 것이다.

아빠는 일터에서 일이 끝나 동료들과 회식을 했다. 마침 술기운이 오른 동료들이 한잔 더 하자고 붙들었지만 아빠는 먼저 간다고 자리에서 일어났단다. 그런 뒤 아빠는 소식이 끊겼다.

아빠는 집에 다 이르렀을 때 꼬꼬큰닭치킨집을 들렀다. 여느 때처럼 양념 통닭 반 마리에 후라이드 반 마리를 섞어 샀다. 그리고 가게 문을 나섰다. 횡단보도의 파란 불빛이 깜박거리긴 했지만 충분히 건너갈 수 있을 것 같아 뛰었다. 그런데 그때 막 신호를 무시한 오토바이 한 대가 쏜살같이 지나갔다. 아빠는 오토바이에 치이고 만 것이다. 아빠가 땅바닥에 뒹구는 사이 오토바이는 달아나 버렸다.

근처 가게 사람들이 경찰에 신고해 아빠가 병원에 이르렀을 땐 이미 명줄이 오락가락하고 있었다. 뺑소니 친 오토바이의 목격자를 찾는다는 현수막이 횡단보도 한쪽에 한 달 넘게 걸려 있었지만 아무런 제보도 없었다.

아빠의 장례를 치르고 나자 앞으로 살 일이 막막했다. 엄마가 식당 일을 나갔지만 벌이는 시원치 않았다. 제발이지 시간이 고장 난 것이라서 아빠 죽음은 무효이고 다시 옛날로 돌아갔으면 좋겠다. 그러나, 그럴 수 없는 일……. 그래서 나는 가장으로서 결심하지 않을 수 없었다.

"엄마, 나 공고 갈 거야. 아빠도 안 계신데 대학까지 갈 수 없잖아. 거기 가서 빨리 기술 배워 취직할 거야. 다니는 동안은 아르바이트하고!"

엄마는 눈물만 훔칠 뿐 뭐라고 말을 하지 못했다. 사실 집안 사정으로 보면 공고조차도 다니기 힘들었다.

공고는 인문계 고등학교와 달리 전공을 나누는 과가 있었다. 나는 통신과를 지원했다. 휴대전화기 같은 것이 앞으로 더 진화할 것 같았다. 그래서 통신과에서 뭘 배우는지조차 따져 보지 않고 막연히 이름만 보고 지원한 것이다.

"두고 봐, 10년 안에 강규성 휴대폰이 나올 거니까!"

나는 엄마와 동생 앞에서 애써 밝은 표정을 지으며 너스레를 떨었다. 아빠도 한 번도 죽는소리를 하지 않았다. 나도 아빠 성격을 닮긴 닮은 모양이었다.

꼬꼬큰닭치킨 배달 일은 나쁘지 않았다. 처음엔 나이가 열여섯 살이 안 되어 오토바이 면허를 딸 수 없어 배달 일은 못 나가고 가게 안에서 손님들 시중을 들었다. 그러다가 열여섯 살 생일이 지나자마자 바로 오토바이 면허를 따서 배달 일을 다니기 시작했다. 반 아이들 가운데 몇몇은 벌써 자기 오토바이도 있다. 나는 내 오토바이를 가질 형편이 못 된다. 하지만 가게 오토바이나마 실컷 몰 수 있어 좋았다. 바람을 가르며 씽씽 달리는 그 순간만은 모든 일을 잊을 수 있어 좋다. 아빠의 죽음도, 우울한 집안 분위기도, 고달픈 치킨집 일도, 재미없는 학교생활도 오토바이만 달리면 다 잊을 수 있었다. 그러나 엄마는 오토바이를 모는 내가 몹시 걱정되는 모양이었다.

"아빠가 오토바이 때문에 사고를 당했잖아. 너도 항상 조심해야 돼. 사람이 지나가는지 안 지나가는지 도로 잘 살피고, 너무 속도 내지 말고……."

아빠가 세상을 뜬 뒤 엄마는 한동안 오토바이 소리만 나도 얼굴이 굳어질 정도였다. 그러나 내게 오토바이 모는 일을 당장 그만두라 할 수도 없어 걱정만 태산이다.

차츰 꼬꼬큰닭치킨집 일이 몸에 배었다. 그러자 힘든 날엔 학교에 가기 싫었다. 그냥 이대로 일을 배워 일찍 돈벌이나 본격적으로 할까 하는 생각이 슬몃슬몃 일었다.

'학교 다니면서 아르바이트까지 하기는 너무 힘들어. 그냥 학교 그만두고 일찌감치 돈벌이나 할까 보다.'

나는 하루에도 몇 번씩 스스로에게 물었다. 학교를 그만두고 아예 돈벌이에 나설까, 학교 다니면서 아르바이트를 할까.

아이들 대부분이 학교 파하면 아르바이트를 하는 처지라 정작 수업 시간에는 책상 위에 엎드려 잔다. 선생님들도 아이들의 사정을 다 아는지라 크게 신경을 쓰지 않는다. 어쩌다 선생님들한테 대드는 아이들만 조심할 뿐이다.

'증조할아버지는 나보다 더 어려서 장가도 들었잖아, 그렇다면…….'

나는 엉뚱하게도 기왕에 가장 노릇을 하려면 학교부터 때려치워야겠다는 생각이 들었다. 예전엔 내 나이되기 전에 가정을 이루어 살기도 했는데 언제까지 이러고 살아야 하나 싶었다. 그러고 나자 학교에서 하는 모든 일이 다 시시해 보였다.

성교육 시간만 해도 그렇다. 이미 아이들은 인터넷을 통해 알 것 다 안다. 그런 아이들한테 임신·수유·성병이 어쩌고저쩌고 하는 비디오만 보여 주고 있으니 아이들이 흥미를 갖겠는가. 나도 그 정도는 이미 중학교 때 다 알아 버려서 흥미가 없다. 그러니 그쪽으로 더 발달한 아이들은 얼마나 시시하겠는가.

좌우지간 학교에서 하는 성교육은 한마디로 성은 더럽고 폭력이 쉽게 따라붙고 운수 나쁘면 병까지 걸리는 것이니, 아예 그쪽은 쳐다보지도 말라는 식이다. 그런 걸 교육이라고 하니 아이들도 피식피식 웃고 교육하는 선생님도 눈 가리고 아웅 하는 식이라 곤혹스러워한다. 역설적이게도 아이들은 성교육을 받고 나면 되레 성폭행 놀이를 즐긴다. 역설도 이쯤이면 엽기 수준이다.

각 교과 공부는 또 어떤가? 아이들 아무도 관심을 갖지 않는다. 선생님 혼자서 원맨쇼를 하고 나간다. 그런 선생님이 되레 딱하다. 여선생님은 아이들을 어떻게 못 해 보고 걸핏하면 울기까지 한다. 그러나 아이들은 아무도 선생님이 불쌍하거나 무섭지 않다. 선생님들이야말로 세상 물정 모르고 고상한 소리만 해 대는 어른으로 여긴다.

나도 처음엔 그러면 안 된다는 생각을 했지만 공고 물을 먹다 보니 아이들하고 거의 같은 생각을 하고, 행동을 하게 되었다.

점심 먹고 자투리 시간을 죽이고 있는데 볼멘소리가 들렸다.

"아이고 지겨워! 차라리 아르바이트 시급 잘 챙겨 받는 요령 같은 거나 가르쳐 주면 좋겠구만. 꼰대들은 맨날 알아듣지도 못하는 소리만 하는데 또 오후 수업 준비해야 돼? 학교를 점심 먹는 재미로 다니는 것도 아니고 말이야."

학교 끝나면 저녁 내내 주유소에서 기름총 쏘는 기동이가 투덜거리는 소리였다.

"누가 아니래! 으, 씨발. 학교고 지랄이고 다 때려치우고 살림이나 차려 버려!"

기동이의 투덜거림에 맞장구치는 소리다. 요즘 한창 여자애 만나는 재미로 사는 학준이였다.

"얌마, 니가 뭔 돈으로 살림을 차리냐? 그리고 나이도 차야 살림이고 뭐고 차리지!"

기동이가 어이없다는 표정을 지으며 학준이 말을 받아쳤다.

"이 대목에서 돈은 무슨 얼어 죽을 소리냐. 우리 반 아이들 부모 꼬라지들 봐라. 뭐 부모들이 돈 있어서 결혼한 것 같냐? 그리고 나이는 무슨 상관이야. 조선 시대에도 남자가 열다섯 살만 되면 장가들 수 있었는데, 지금이라고 못 할 것 어디 있어?"

"어디서 조선 시대 얘기는 들어 가지고……. 저번에 성교육 시간에 안 배웠어? 민법인가 뭔가 하는 법에서 성인만 결혼할 수 있게 해 놓았다잖아. 법으로 성인은 스무 살이 되어야 한다잖아."

"너는 하나는 알고 둘은 모르냐? 결혼은 열여덟 살이면 할 수 있다고 했잖아."

"하나는 알고 둘은 모르는 소리 지가 하고 있네. 그 나이 때 결혼하려면 반드시 부모 허락이 있어야 하는 거라 했거든!"

"그건 혼인 신고 하고 사는 사람들 얘기지. 난 어차피 혼인 신고 안

할 건데 나이가 뭔 상관이야? 그리고 내가 부모가 어디 있어?"

여기서 이야기는 멈추고 말았다.

아닌 게 아니라 혼인 신고 안 하고 동거하면 되는데 나이가 무슨 상관이겠는가. 게다가 학준이는 부모 없이 친척집을 떠돌며 살고 있다. 그러니 어쩌면 살림을 차리는 게 더 안정된 생활을 할 수 있을지도 모른다. 둘은 언제 저렇게 괜찮은 정보를 쫙 꿰었느냐 싶게 제법 말이 되는 소리를 주고받더니, 둘 다 금세 시무룩한 모드로 진입했다. 말로야 무슨 소리인들 못 하겠는가…….

곧 오후 첫 수업이 시작되었다. 역시나 선생님은 떠들고 아이들은 대부분 책상 위에 엎드렸다. 식곤증이 몰려오는 시간이기도 하지만, 밤늦게까지 아르바이트를 하기 위해선 미리 잠을 자 두어야 한다. 나도 책상 위에 엎드렸다.

선생님의 강의 소리를 자장가 삼아 어렴풋이 잠이 들었는가 싶었는데, 아이들 떠드는 소리가 나서 눈을 떴다. 한 시간이 끝나 있었다.

아이들은 지난밤에 인터넷으로 야한 동영상을 본 이야기를 시끌벅적하게들 하고 있었다. 눈치코치 없이 무슨 말이든 자기 기분 내키는 대로 하는 준표 목소리가 가장 크게 들려왔다.

"야, 죽이더구만!"

주영이가 시큰둥하게 대꾸했다.

"뭐가?"

"뭐긴 뭐야. 일본 고등학생 야동 말이야."

"그까짓 거 가지고 뭘 그래?"

"너는 그런 것 봐도 아무렇지도 않아?"

"나는 이미 학습 다 끝났다."

"잘난 척하기는……."

준표가 머쓱해하며 자기 자리로 돌아가자 그런 쪽으로 타고난 머리를 가진 주영이가 혼자 씨부렁거렸다.

"춘향이하고 몽룡이는 이팔에 십육 열여섯에 이미 야동 다 찍었어. 근데 요즘 애들이 걔들보다 못할 게 뭐 있어? 일본 애들 노는 것 좀 보고 호들갑 떨기는……."

내가 톡 한마디 던졌다.

"너는 그딴 걸 어떻게 알아?"

"내가 엎드려 잠만 자는 줄 알아? 들을 건 다 들으면서 잠도 자는 거야. 저번 국어 시간에 춘향전 배울 때 나왔잖아!"

주영이가 제법 으쓱해했다.

듣고 보니 그랬다. 춘향이와 몽룡이는 이미 조선 시대에 야하게 놀았다. 사랑을 아예 놀이로 생각한 애들이다.

"하여간 개 눈엔 뭐만 보인다고, 잠만 자던 니가 그 대목에서 어떻게 잠을 깼냐?"

"선수는 기회를 절대로 놓치지 않는 법!"

주영이는 내 말이 자기를 치켜 주는 걸로 알고 더 기고만장해서 춘향전에서 야한 대목을 손짓 발짓 몸짓까지 해 가며 들려주었다. 아이들은 자신들이 본 야동 정도하곤 비교도 되지 않는 주영이의 실제 상황 같은 재연에 혀를 내둘렀다. 별것을 다 알고 있는 주영이가 달리 보였다.

"야, 근데 살림 차리면 학교 잘릴까?"

학준이가 다시 자신의 문제를 꺼냈다.

"교칙대로 하면 당연히 잘리지! 그러나 예식 치르면서 소문내 가며 살림 차릴 거 아니잖아? 조용히 살면 누가 알겠어!"

주영이가 명쾌하게 정리해 주었다.

나는 고개를 끄덕였다. 역시 자기 분야가 확실한 주영이다운 발상이었다. 굳이 소문내고 살림 차릴 것 없는 일이었다.

'증조할머니와 증조할아버지야 우리보다 어린 나이에 결혼을 했지만 그땐 자랑스러운 일이었겠지. 근데 지금은 뜨거운 청춘을 학교에다 잡아 가두어 두고 있으니……. 히, 나도 그 나이에 결혼했으면 증조할머니한테 고손자를 안겨 줄 수 있었을 텐데…….'

고등학교 다니면서 결혼도 하고 돈벌이도 하면 안 되나? 부모 없는 학준이 같은 애들도 가정을 이루면 훨씬 더 안정감 있게 살 수 있을 텐데…….

어쩌자고 조선 시대보다 더 답답한 세상이 되었는지 모르겠다. 조선 시대는 놔두고 증조할머니 시대 때보다도 더 못해졌다. 아무래도 시간이 고장 난 모양이다. 그러지 않고서야 문명이 진화했다는 21세기에 조선 시대 아이들보다 못한 청춘을 보내야 되겠는가.

미래를 위해서 학교를 다니고 공부한다지만 대한민국의 공고생에게 미래가 열리면 얼마나 열리겠는가? 그냥 지금 피 끓을 때 할 수 있는 일이라도 해야 되지 않을까?

증조할머니처럼 한 세기 가까이 사는 사람도 있지만 아빠처럼 반세기도 못 사는 사람도 있다. 그렇다면 나의 목숨 줄은 어디까지 이어져 있을까? 나뿐만 아니라 아이들도 그걸 안다면 재미없더라도 학교를 계속 다니든, 돈벌이에 본격적으로 나서든, 안정된 생활을 위해 살림을 차리든, 결정하기가 훨씬 쉬울 텐데…….

박상률

사람보다 개가 더 유명짜한 진도에서 개띠 해에 태어나 그곳에서 개와 함께 어린 시절을 보냈습니다. 나중에 광주와 서울로 옮겨 다니며 공부를 하고 사회생활을 시작했지만, 가슴 속엔 늘 좋은 의미의 '개 같은 인생'을 꿈꾸고 있습니다. 내가 꾼 꿈이 '개꿈'이 안 된 건 그나마 글을 쓰고 살았기 때문인지 모릅니다.

1990년 '한길문학'을 통하여 작품 활동을 시작했고, 펴낸 책으로는 시집 『진도아리랑』 『배고픈 웃음』 『하늘산 땅골 이야기』 소설 『봄바람』 『나는 아름답다』 『밥이 끓는 시간』 『너는 스무 살, 아니 만 열아홉 살』 『나를 위한 연구』 『방자 왈왈』 『불량청춘목록』들이 있습니다. 이 가운데 소설 『봄바람』은 청소년문학의 물꼬를 튼 작품으로 널리 알려졌고, 계간 문예지 〈청소년문학〉의 편집주간 직을 오래 맡기도 했습니다.

읽고 나서

 이대로 어른이 된다면

1. 규성이는 갑작스런 아빠의 죽음으로 가장의 역할을 하게 됩니다. 현실을 받아들이기까지 규성이의 심정은 얼마나 복잡했을까요? 규성이의 입장이 되어 일기를 이어 나가 봅시다.

×월 ×일 엄마에게 공고에 가겠다고 말씀드렸다.
_____

×월 ×일 선생님께서 급식비를 감면받기 힘들 것 같다고 하셨다.
_____

×월 ×일 아빠가 간식으로 사다 주시던 '꼬꼬큰닭치킨' 배달원으로 아르바이트를 시작했다.
_____

×월 ×일 증조할머니가 돌아가셨다.
_____
_____

2. 규성이는 '미래를 위해서 학교를 다니고 공부한다지만 대한민국의 공고생에게 미래가 열리면 얼마나 열리겠는가? 그냥 지금 피 끓을 때 할 수 있는 일이라도 해야 되지 않을까?'라고 생각하면서 학교를 그만두려고 합니다. 각 상황의 장점과 단점을 표로 만들어 비교해 본 다음 규성이에게 충고의 말을 해 봅시다.

	장점	단점
학교를 계속 다닌다면		
학교를 그만둔다면		

3. 규성이는 증조할머니의 삶을 자주 떠올립니다. 다음 글을 읽고 규성이가 생각하는 '어른의 삶'은 무엇인지 말해 봅시다.

나도 세상 앞에서 떳떳하게 살고 싶다. 어린 시절 할머니가 당신의 말씀을 몸으로 실천하는 것을 보았고, 나도 커서 그렇게 살고 싶다고 생각했다. 그런데 그 '당당함'은 반드시 학력과 직업을 필요로 하는 것일까? 할머니는 국민학교를 겨우 졸업하셨고, 남들이 밟는 가장 아랫공간인 바닥을 청소하면서도 당당하게 살고 계신다. 할머니의 삶이 얼마나 고되고 힘들었는지 모르는 바가 아니다. 그러나 '당당한 삶'과 '편안한 삶'은 다르다. 좋은 대학에 가서 좋은 직장을 가지는 것이 왜 당당하게 사는 것일까? 남들이 우러러보기 때문이라면, 그것은 당당함이 아니다. 당당하게 산다는 것은 타인의 시선으로 결정되는 것이 아니라 누구보다도 내가 나 자신에게 떳떳해야 하기 때문이다.

김해완, 『다른 십대의 탄생』(그린비) 중에서

- **4. 다음 비행기 그림 안에 힘들고 답답해서 탈출하고 싶었던 일이나 지금 겪고 있는 어려운 상황을 적어 봅시다. 낙하산 안에는 그런 상황을 탈출할 수 있는 방법을 상상해 적어 봅시다.**

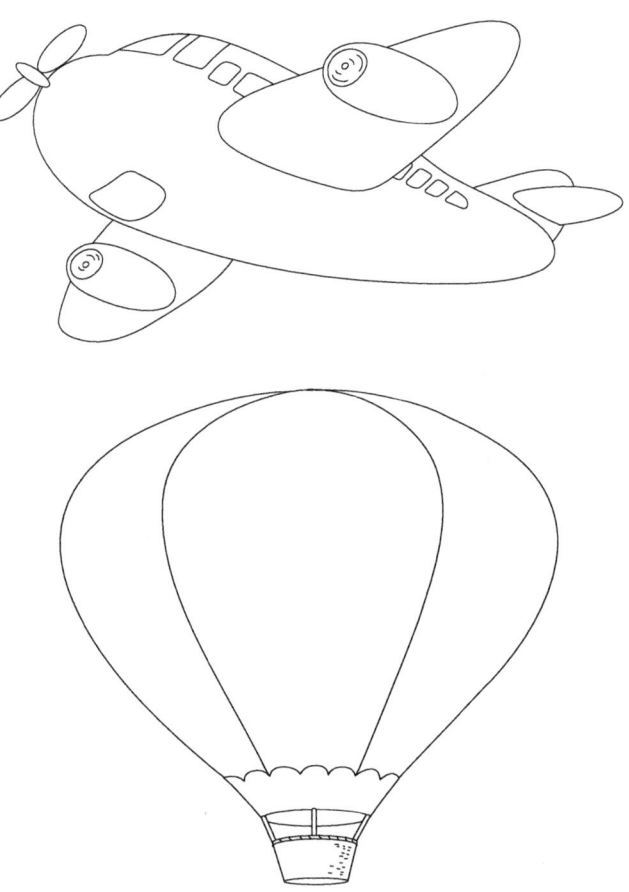

5. 우리 모두는 지금 이 순간의 행복을 위해서라기보다는 미래에 무언가를 얻기 위해 참고 공부하고 돈을 모은다고 해도 과언이 아닙니다. 미래가 아닌 지금 이 순간 여러분이 원하는 것은 무엇인가요? 또 지금 원하는 바로 그 삶을 살기 위해서 필요한 것들은 무엇인지 적어 봅시다.

- 지금 원하는 삶의 모습 :

- 지금 원하는 삶을 위해 필요한 것들 :

6. 영화 〈스파이더맨〉을 본 적이 있지요? 아래의 글을 읽고 자신의 삶에 책임과 의무를 진다는 것은 어떤 것인지 친구들과 이야기를 나누어 봅시다.

스파이더맨의 특징은 파커가 평범한 영웅이라는 데 있습니다. 그를 부르는 또 다른 이름이 "다정한 이웃, 스파이더맨"인 것을 보면 알 수 있지요. 파커는 배트맨처럼 막대한 부를 소유한 거부가 아니라 늘 집세 독촉에 시달리는 보통 학생입니다. 스파이더맨으로 해야 할 온갖 일들 때문에 개인이 원하는 어떤 것도 할 수 없게 된 학생이죠. 아닌 게 아니라 스파이더맨으로서의 사명감은 점점 파커의 사생활을 위협합니다. 시도 때도 없이 스파이더맨으로 변신해 누군가를 구출해야 하기 때문에 그는 항상 피곤한 얼굴로 돌아다니며, 학교 수업도 매일 빠집니다. 스파이더맨 업무 때문에 아르바이트 피자 배달이 늦어 일거리를 빼앗기기도 하고, 급기야 여자 친구 메리 제인과의 데이트에도 문제가 생깁니다. 오죽하면 스파이더맨의 정체성을 버리려고 하겠습니까. 소외감과 고독감. 돈 문제. 학업 문제. 그리고 연애 문제까지 파커가 겪는 고뇌는 우리가 살아가는 현실적인 고민들과 다르지 않습니다.

또한 어느 날 갑자기 찾아온 거대한 능력 때문에 곤경에 처한다는 설정은 청소년들이 사춘기에 겪는 성장통과 닮아 있기도 합니다. 청소년기는 육체와 정신의 불균형으로 고뇌하는 시기입니다. 몸은 성인에 가깝지만 정신은 아이에 가깝고, 주변에서도 행동은 어른스럽게 하길 바라지만 결정적인 순간엔 언제나 아이 취급을 하는 경우가 많습니다. 어른 대접을 받고 싶지만 주변의 시선이 이처럼 엇갈리니, 당사자들은 가치의 혼란을 겪을 수밖에 없습니다. 육체의 성숙함을 따르지 못하는 정신의 미성숙함. 이 두 가지 상반된 가치의 충돌 속에서 갈팡질팡하는 것이 사춘기의 특징입니다. 그런 의미에서 스파이더맨은 어쩌면 현실을 살아가는 청소년들의 갈등하는 모습을 보여 준다고 말할 수도 있을 것입니다.

블랙 스파이더맨이 되면서 능력은 배가 됐지만 파커의 정신적 불안은 여전합니다. 정신적 성숙이 뒤따르지 않는 권력의 증가는 더욱 혼란스럽고 위태로운 상황들을 초래하기 십상입니다. 블랙 슈트를 입었지만 스파이더맨은 자신의 폭력성을 스스로 제어하기 힘든 지경에 이르지요.

피터 파커는 엄청난 힘을 얻었지만, 또 그 힘으로 많은 걸 할 수 있지만 고뇌하는 영웅입니다. 힘에 따르는 책임의 선을 어떻게 지킬 것인가, 인간의 한계를 넘어선 초인으로서의 능력을 가졌지만 어떻게 인간의 존엄을 잃지 않을까를 번민합니다. 물론 항상 좋은 방향으로 결론이 나는 건 아니지만, 힘을 제멋대로 남용하려 하지 않고 '고민하려 한다'는 사실이 중요합니다. 스파이더맨은 힘에는 그에 합당한 책임감이 뒤따른다는 것을 잘 보여 주고 있습니다.

장병원, 『영화로 세상 읽기』(이슈투데이) 중에서

7. 다음 글을 읽고 무엇이 역사 속의 청소년과 지금의 청소년을 다르게 만들었는지 생각해 봅시다.

'조선 독립 만세'를 외친 1919년 3·1운동, 더 나아가 '약소민족 해방 만세'와 '제국주의 타도 만세' 등의 구호를 내세우며 식민지 노예 교육에 반대했던 1929년 광주항일학생운동. 부정 선거와 이승만 정권의 독재와 탄압에 맞섰던 1960년 4·19혁명. 이 역사의 자리에는 초등학생, 중학생들도 동참했습니다. 그러나 오늘날 청소년은 '공부해야 할 나이에 있는 사람'으로 미숙한 존재로만 취급당합니다. 학교를 벗어나면 큰일로 여겨지고, 학교 공부를 못하면 인생의 낙오자로 여겨지지요.

초콜릿을 먹는 오후

- 전아리

읽기 전에

　우리는 수많은 관계 속에서 살아갑니다. 처음부터 누군가의 자식으로 태어나 더 자라서는 누군가의 형제자매로, 누군가의 친구로, 누군가의 연인으로 살아가지요. 그 다음엔 누군가의 아내나 남편이나 부모로, 또 누군가의 동료나 윗사람이나 아랫사람으로 살아갑니다. 관계란 공기처럼 우리 모두를 감싸고 있습니다. 이런 관계망 속에서 우리는 주어진 역할과 기대되는 모습에 자신을 맞춰 가면서 살아가지요. 나의 정체성은 내가 원하는 내 모습과 남들이 나에게 기대하는 모습이 서로 부딪히고 어우러지면서 만들어집니다. 하지만 주어진 역할과 기대에 지나치게 매달리다 보면 정작 '내가 원하는 나', '있는 그대로의 나'를 잃어버리게 됩니다.

　이 소설은 자신이 원하는 것이 무엇인지도 모른 채 엄마의 욕망에 따라 무기력한 삶을 살아가는 '나'의 이야기입니다. '나'는 꼭두각시 같은 자신의 삶을 돌아보기는커녕 엄마가 안쓰러워 자신이 괴롭고 힘들다는 사실조차 느끼지 못합니다. 부모 자식 관계는 모든 관계 중에서 가장 가깝고 가장 끈끈한 관계입니다. 자아를 형성하는 데도 제일 큰 영향을 미치지요. 소설을 읽으며 관계 속에서 '나'를 잃어버리지 않는 법을 고민해 봅시다.

눈부신 주말 오전의 볕이 창문 너머로 비쳐든다. 햇빛은 대나무가 꽂힌 유리병을 통과해 시험지 위로 방울방울 아롱거린다. 등 뒤 침대에 앉아 있던 엄마가 일어나 창가의 블라인드를 내린다. 방 안은 곧 물이끼 낀 수조처럼 서늘하게 어두워진다.

답안지 위에 마킹을 한 자국이 검은 콩처럼 흩뿌려져 있다. 스톱워치가 울리자 엄마는 시험지와 답안지를 거두어 간다. 화장실에 다녀오고 카스텔라를 한 개 먹는 사이 엄마는 채점을 마쳤다. 거실 소파에 앉은 엄마 표정을 보니 이번에도 점수가 오르지 않은 모양이다. 나는 그저께보다 더 떨어진 점수를 확인하고 방으로 들어온다. 엄마가 들어와서 내 휴대전화를 들고 나간다. 방문이 밖에서 잠긴다. 엄마와 약속한 대로 자정이 될 때까지 문은 열리지 않을 것이다. 학교 성적이 떨어지면 틀린 문제 수대로 종아리를 맞고, 모의고사 평균이 떨어지면 밤을 새워 모든 문제를 세 번씩 다시 푼다. 일주일에 한 번 엄마가 감독하는 모의고사를 치러서 전보다 성적이 좋지 않으면 자정이 될 때까지 방에 갇혀 공부를 한다. 나는 시험지를 잘라 오답 노트를 정리한다. 주방에서 달그락거리며 식사를 준비하는 소리가 들려온다. 엄마는 오늘도 혼자 식사를 할 것이다. 내 점수가 조금만 좋았더라도 우리 두 사람은 식탁 앞에 기분 좋게 앉아 함께 식사를 했을 터였다. 가엾은 우리 엄

마. 나는 침대 밑에서 플라스틱 통을 꺼낸다. 어깨동무를 한 천사가 그려진 통을 열자 색색 가지 젤리빈과 은박 포장에 싸인 초콜릿이 한가득 드러난다. 나는 젤리빈을 한 움큼 집어 씹어 먹는다. 카스텔라 하나로 채워지지 않은 배 속에 영롱한 비눗방울이 차오르듯 젤리빈이 쌓인다. 나는 입을 오물거리며 통을 깨끗이 비워 낸다. 이번 모의고사에서는 반드시 점수를 올려 엄마를 기쁘게 할 것이다.

재작년 겨울, 아버지가 동생을 데리고 떠난 이후로 엄마 곁엔 나밖에 남지 않게 되었다. 아버지가 집을 나가려던 그때 엄마는 설거지를 하는 중이었다. 미리 싸 두었던 짐 상자 서너 개를 아버지와 동생이 나르는 동안 엄마는 고무장갑을 낀 채 개수대 앞에 서 있었다. 고무장갑을 타고 흐른 비눗물이 뚝뚝 발치로 떨어졌다. 부모님은 이혼 사유에 대해 인생관의 차이, 더불어 성향 차이라는 단어를 들먹이며 예민한 여고생 딸의 이해를 바라려 꽤나 애를 썼지만 나는 두 사람의 이혼이 엄마의 의심병 때문이라는 걸 진작부터 알고 있었다. 엄마는 매일 세탁물 바구니 속의 아버지 옷을 샅샅이 살피고, 잠든 아버지 머리맡에서 휴대전화 통화 내역을 확인했으며, 실수인 척 수시로 사무실에 전화를 걸어 아버지의 행방을 확인했다. 엄마는 아버지가 점심 식사를 마치고 이쑤시개로 이를 후비는 시간까지 간섭하고 싶어 했다.

"넌 내가 바람나길 환장하고 기다리는 거 같아."

어느 날 저녁 아버지가 버럭 소리를 내질렀다. 그날 밤 우리 집은 네 식구가 모두 집에 있었음에도 오래된 빈집처럼 무중력을 닮은 정적에

잠겼다. 아버지의 자리가 텅 비어 버린 후 엄마는 갈 곳을 잃고 허공을 헤매던 촉수를 나에게로 뻗어 왔다. 집착에 대한 스스로의 문제를 전혀 인정하지 못했던 것이다. 엄마는 아버지가 이혼을 요구한 건 순전히 자신이 집 안에서 살림만 하는 능력 없는 여자이기 때문이라고 오해하고 있었다. 그래서 툭 하면 아버지 사무실에서 함께 일하는 커리어 우먼들을 언급하며, 그렇게 되려면 죽기 살기로 공부해서 좋은 대학에 들어가야 한다고 했다.

그 후 엄마는 인터넷 카페를 뒤져 입시 준비 부모 모임에 가입하고 대학교를 찾아다니며 입시 설명회를 듣기 시작했다. 또 하교 때마다 교문 앞에서 나를 기다렸다가 학원까지 데려다 주었다. 성적표를 검사하고 시험지를 검토하던 습관은 어느새 내가 푸는 문제집의 답안지를 뜯어 가 채점을 맡아 하는 것으로 바뀌었고, 가방과 휴대전화를 검사하며 주변 친구들의 성적 수준까지 체크하여 어울려도 될 아이들과 아닌 부류를 구분해 주는 데까지 이르렀다. 친구들은 우리 엄마가 너무 극성이라며 혀를 내둘렀다. 모의고사에서 내 성적이 조금 떨어졌다는 이유로 엄마가 친한 몇 명의 아이들에게 문자 메시지를 보낸 이후, 그 애들은 수군거리며 나를 피했다. 내가 달콤한 것을 먹게 된 건 그 무렵부터였다. 단 거라곤 생전 입에 대지도 않던 내가 초콜릿과 사탕, 과자며 케이크 같은 데에 흠뻑 취하게 되리라곤 스스로도 상상조차 하지 못했었다. 그 계기는 단순했다.

토요일 오후. 학원 종일반 수업을 듣다가 점심을 먹으러 나왔다. 함께 점심을 먹던 친구들이 자주 몰려가는 분식집을 피해 혼자 먹을 곳을 찾다 보니 갈 데라고는 기사 식당이며 한정식집밖에 없었다. 아저씨들이 북적이는 기사 식당에 들어가고 싶지는 않았다. 나는 비교적 횅한 갈빗집의 문을 열고 들어갔다. 구석진 자리에 앉아 물냉면을 시켰다. 꾸역꾸역 입에 밀어 넣던 냉면을 결국 반도 넘게 남기고 서둘러 계산을 하고 나오려던 나는 카운터에 놓인 바구니를 발견했다. 납작한 바구니 안에는 반짝이는 금박 포장지에 싸인 계피 사탕이 수북이 담겨 있었다. 나는 별 생각 없이 사탕을 한 개 집어 들고 나왔다. 사거리를 지나 학원으로 향하며 계피 사탕을 우물거렸다. 겉이 조금 녹아서 끈끈하게 달라붙던 사탕은 이내 작고 매끄럽게 녹아서 경쾌하게 입안을 굴러다녔다. 이에 부딪쳐 야무지게 달그락거리는가 하면 혀와 입천장 사이에 꼭 끼어 씨앗처럼 단단히 몸을 묻기도 했다. 계피 사탕을 다 먹고 난 후 나는 근처 편의점에 들어가서 사탕을 한 봉지 골랐다. 무언가에 홀린 사람처럼 동그랗고 긴 통에 든 젤리빈과 땅콩이 들어간 초콜릿도 집어 들었다.

마지막으로 냉장 코너에서 조각 치즈 케이크를 향해 손을 뻗으려던 순간, 누군가 앞서 치즈 케이크를 집어 들었다. 투명한 케이크 상자를 감싸는 길고 곧은 하얀 손가락. 그것이 그와의 첫 만남이었다. 남자는 후드티셔츠에 청바지를 입고 한쪽 어깨에는 화구통을 메고 있었다.

"네가 가져갈래?"

그는 치즈 케이크를 내밀며 물었다. 나는 스스럼없이 말을 놓는 그에게 울컥 반감을 느끼며 얼굴을 올려다보았다. 시원하게 삭발을 한 머리가 파르라니 동그랗고 두 눈은 쌍꺼풀 없이 기름했으며 콧대가 곧

왔다. 밝고 화사한 기운이 맑은 강물처럼 출렁이며 내게로 흘러들었다. 나는 편의점을 나서려는 그를 쫓아가 휴대전화 번호를 물었다. 어디에서 그런 마음이 솟아났는지, 사람에게 일생에 한 번 가장 용기를 낼 수 있는 순간이 있다면 나는 그 기회를 그때 써 버렸을 것이다.

그날 이후 나는 줄기차게 달콤한 것을 먹어 댔다. 달콤한 것을 입에 넣을 때면 침샘이 기분 좋게 깨어나는 것과 동시에 첫눈에 반한 그에 대한 황홀함이 새록새록 떠올랐다. 마치 성냥팔이 소녀가 성냥을 그어 불을 피우듯, 나는 입안의 사탕이 녹기 전까지 그를 주인공으로 온갖 상상을 펼쳐 냈다. 그 속에서 나는 아름다운 비련의 여주인공이었다가, 그를 유혹하는 도발적인 팜므파탈이 되기도 하였다.

철커덕. 방문 밖의 자물쇠가 열린다. 엄마가 안방으로 들어가는 소리가 들린다. 시계는 12시 5분을 가리키고 있다.

나는 국문과를 지망하고 있었다. 그러나 엄마는 담임과의 면담 중에 내가 명문대 경영학과를 지망하고 있다고 말했다.

"넌 아직 뭐가 좋은지 몰라. 다 널 위해서 하는 일이니까 일단 잠자코 엄마 말부터 들어. 뒤늦게 후회하지 말고."

지금 성적으로 지망 대학의 진학은 어려울 수도 있다고 말하는 담임 앞에서 엄마는 반드시 내 성적을 올리고야 말 거라고 큰소리를 치고 나온다. 앞서 복도를 걸어 나가는 엄마는 이미 그 대학에 입학한 딸을 둔 학부모처럼 기세등등하다. 지나치게 자신만만한 사람은 한편으로 마냥 순수해 보여서 연민을 느끼게 한다. 나는 아무 말도 하지 않는다. 엄마에게서 나를 사랑할 기회까지 빼앗아 버리면 불쌍한 우리 엄마는 절대 버티지 못할 것이다. 내가 참자, 조금만 참으면 된다.

학원 쉬는 시간에 그가 찾아왔다. 그가 다니는 화실이 이 근처인 터라 우리는 틈틈이 얼굴을 본다. 그와 나는 편의점에서 처음 마주친 이후 줄곧 이렇게 만남을 유지해 왔다. 사귀는 사이라고는 할 수 없지만, 그저 친구인 사이라고도 할 수 없다. 언젠가 그가 내 볼에 입을 맞추긴 했지만 그 이상의 진도를 나가진 않았다. 오늘은 무슨 좋은 일이 있는 걸까. 다른 날과 다르게 그의 눈이 유난히 빛난다.

"너를 모델로 그림을 그리고 싶어."

나는 표정 관리가 되지 않아 고개를 떨구고 만다. 속이 후끈거리며 달아오른다. 밤마다 초콜릿을 꼭꼭 씹으며 그가 나를 그려 주는 모습을 상상했었다. 장소는 매번 바뀌었다. 상상 속의 그는, 봄볕이 따스한 마로니에 공원에서 바람에 수런거리는 버드나무 아래에 캔버스를 사이에 두고 마주 앉아 있기도 했고, 문을 걸어 잠근 어두운 방 안의 침대 위에 나를 묶어 두고 거칠게 미술 연필을 놀리기도 했다.

그런데 막상 그가 나를 그리고 싶다고 말하자 몹시 부끄러워진다.

"좀 더 예쁜 모델을 찾아보지."

내가 말끝을 흐리자 그는 조심스럽게 내 손목을 잡는다.

"너도 충분히 예뻐."

그는 내가 학생이니까 기왕이면 교복 입은 모습을 스케치하면 좋겠다고 말한다. 나는 고민 끝에 이번 주 금요일 학원 수업을 한 시간 정도 빼기로 한다. 사회탐구 영역은 어느 정도 자신이 있으니 하루 정도 수업을 빠진다고 해도 큰 무리는 없을 것이다. 학원에는 미리 병원에 간다고 말을 해 두는 편이 좋겠다.

금요일을 기다리는 동안에는 단 것을 많이 먹지 않았다. 단 걸 먹지 않아도 충분히 가슴이 뛰어서인지 좀처럼 손이 가질 않았다.

목요일 저녁. 어쩐 일인지 아버지가 찾아왔다. 이혼한 뒤로 집에 찾아온 건 처음 있는 일이다. 아버지는 부엌의 식탁 앞에 앉아 낮은 목소리로 엄마와 대화를 나눈다. 별안간 엄마가 악을 쓰듯 소리를 빽 지른다.

"나가!"

아버지가 저벅저벅 걸어와 내 방의 방문을 연다. 방문 밖의 잠금장치를 보고 당황한 아버지는 내게 잠깐 나와 보라고 말한다. 아버지의 어깨 뒤로 얼굴이 붉어진 엄마가 보인다. 분에 못 이겨 거친 숨을 몰아쉬는 어깨가 심하게 들썩인다.

"제정신이야? 애한테 이게 무슨 짓이야?"

아버지는 방문의 잠금장치를 가리키며 말한다.

"당신이 그런 말할 자격이나 있어? 나 몰라라 버리고 갈 땐 언제고."

바락바락 대꾸하는 엄마를 상대하기 싫다는 듯 아버지는 내 쪽으로 몸을 돌린다.

"네가 결정해라. 네 엄마랑 살기 힘들면 나랑 가자."

나는 예전과 다름없는 모습으로 지내 왔는데, 아버지는 대체 누구에게 무슨 이야기를 듣고 찾아온 것일까. 엄마가 뚫어지게 내 눈을 바라본다.

"나랑 살고 평균이 8점이나 올랐어. 그게 얼마나 대단한 일인지 알기나 해? 얘, 너도 말 좀 해 봐 봐. 그래, 안 그래?"

두 사람, 네 개의 눈이 내 대답을 기다리고 있다. 아버지는 말끔하게 다려진 고급스러운 셔츠를 입고 있다. 얼굴에는 윤기가 돌고 안경테도 전에 없던 세련된 것으로 바꾸었다. 그 뒤에 선 엄마는 머리가 부스스하고 목이 늘어난 내 셔츠를 입고 있다.

"그래요."

나는 기어 들어가는 소리로 대답한다.

"엄마 말이 맞아요."

아버지는 기가 차다는 얼굴로 잠깐 천장을 올려다보더니 돌아서서 집을 나간다. 현관문이 요란하게 닫힌다. 잠시 엄마와 나는 아무 말 없이 서로 다른 곳을 응시한다.

"공부해."

엄마가 방문을 닫는다.

나는 교복 블라우스의 리본을 단정히 묶고 의자에 앉는다. 그는 연필을 깎는다. 이윽고 그가 캔버스 위로 연필심 끝을 갖다 댄다. 그의 눈이 찬찬히 나를 살핀다. 문득, 미술 수업에서 판화 작업을 했던 때가 떠오른다. 판에 잉크를 골고루 묻히고 마분지를 덮은 위로 롤러질을 하던 시간. 판의 구석구석 빼놓지 않고 공들여 롤러를 밀던……. 롤러의 부드러움 속에서도 손끝에 느껴지던 미세한 음각의 흔적들. 그의 시선이 롤러처럼 나를 훑어갈 때마다 나는 내게 음각의 무늬가 있었다는 걸 깨닫는다. 한없이 간지러우면서도 너무 부끄러워서 온몸이 따끔

따끔할 지경이다. 시간이 금세 흐른다. 벽시계를 확인한 나는 화들짝 놀라 일어선다. 돌아가야 할 시간이다. 빈 컵라면 용기가 발에 채어 쓰러진다. 조금 남아 있던 라면 국물이 흘러 내 가방을 적신다. 그가 휴지로 내 가방을 닦아 내며 쑥스럽다는 듯 말한다.

"좀 정신없지? 집에서 그림 그리는 걸 반대해서 혼자 나와 살거든."

나는 라면 냄새가 나는 가방을 멘다.

"넌 나중에 뭘 하고 싶어?"

느닷없이 그가 묻는다.

"일단 엄마랑 상의를 해 봐야지."

"엄마를 엄청 사랑하나 보네."

비아냥거리는 걸까 싶어 그의 옆얼굴을 살폈지만 그런 것 같지는 않았다.

"사랑보다 더 중요한 걸 선택해야 할 필요도 있어."

"모르는 소리 하지 마. 우리 엄만 불쌍한 사람이야."

"넌 엄마를 사랑하는 거니, 두려워하는 거니?"

그림을 보여 달라고 하자 그는 고개를 젓는다.

"아직 미완성이야. 다 되면 보여 줄게."

그가 학원 앞까지 나를 데려다 주겠다고 한다. 우리는 잰걸음으로 어두워진 거리를 걷는다. 학원 건물에 다다랐을 때 낯익은 뒷모습이 보였다. 건물 앞을 서성이고 있던 엄마가 우리를 향해 다가온다. 엄마는 사납게 그를 노려본다. 그가 머뭇거리며 자리를 떠난다. 나는 앞서 가는 엄마의 뒤를 쫓아가며 변명하듯 사정을 설명한다. 그가 촉망받는 화가라는 것과, 공모전에 출품할 작품을 도와준 거라는 거짓말을 보태지만 엄마의 성난 발걸음은 좀처럼 늦춰지지 않는다.

집으로 돌아온 엄마가 나를 방 안에 떠다밀듯 집어넣는다.

"초상화도 멋있게 잘 나왔어요. 상 받으면 전시회에 초대한다고 했어요."

입에서 거짓말이 술술 흘러나온다. 노기가 어려 있던 엄마의 얼굴에 조소가 스친다.

"멋있게? 널 그린 그림이?"

잠시 안방으로 사라졌던 엄마가 거울을 들고 나타난다.

"자, 봐라 봐. 그놈이 널 이용한 거야. 네 살들 좀 보라고!"

엄마가 들이민 거울 속에는 비대한 체구의 여자애가 앉아 있다. 볼살은 반죽처럼 흘러내려 와 있고, 두둑한 턱살이 계단처럼 겹쳐 목을 가렸다. 교복 블라우스는 터질 듯 꽉 끼어 단추 사이마다 앞섶이 벌어져 있고, 소매 밖으로 간신히 삐져나온 출렁이는 팔뚝의 살갗은 비명을 지르듯 터서 갈라졌다. 뿐이 아니다. 치마 아래로 드러난 두 허벅지가 코끼리 다리처럼 퉁퉁해서 걷기도 버거워 보인다. 피부는 누렇고 머리칼은 부석부석하다. 나는 비명을 지르며 물러난다.

"이건 내가 아니에요."

엄마가 거울을 더 바짝 내 앞으로 들이민다.

"작년부터 얼마나 살이 쪘는지 모르겠어? 오죽하면 사람들이 널 이렇게 만들었다고 내 욕을 다 하겠니. 그렇게 뚱뚱하면 공부라도 잘해야지. 주제도 모르고 어디 연애질을 하고 앉아 있어?"

"분명히 나보고 예쁘다고 했어요."

"네가 아주 단단히 정신이 나갔구나."

엄마는 방을 나가 문을 걸어 잠근다. 나는 방 안에 우두커니 앉아 있다가 엉금엉금 침대 밑으로 기어 내려간다. 어두운 틈 안으로 손을 뻗어 뜯지 않은 초콜릿과 젤리빈 봉지들을 꺼낸다.

"엄마, 잘못했어요."

밖에서는 아무 소리도 들리지 않는다. 젤리빈을 한 움큼 집어 입안에 밀어 넣는다. 젤리는 쫄깃쫄깃하게 씹힌다. 멜론과 포도, 딸기 맛이 한데 뒤섞인 입안에서는 싸구려 방향제 냄새가 난다. 침대 밑을 꽉 채운 봉지들을 하나씩 비운다. 마치 캔디가 솟는 샘처럼 아무리 먹어도 봉지들은 줄지 않는다. 사탕을 입에 문 채 잠이 들었다가 눈을 떠 보니 아침이다. 빈 껍질들이 애벌레가 빠져나간 허물처럼 주변에 널려 있다. 화장실에 가고 싶어 방문을 두드려 보지만 밖에서는 대꾸가 없다. 아랫배가 점점 당겨온다. 나는 계속해서 남은 사탕과 초콜릿을 먹는다. 견디다 못해 휴지통을 비우고 그 안에 오줌을 눈다. 먹다 지치면 잠이 들고, 일어나면 다시 지칠 때까지 먹는다. 꿈속에서 나는 색색 가지 젤리빈을 땅에 심는다. 튼튼한 나무가 자라고 설탕 묻은 가지마다 엄마가 주렁주렁 열린다.

초콜릿이 묻은 손가락을 빨다가 문득, 엄마의 말이 옳다는 생각이 든다. 그는 나를 가지고 논 게 분명하다. 엄마의 말대로 내 모습은 뚱뚱하고 형편없다. 그는 나를 캔버스에 담는 내내 돼지 같다며 내 살들을 비웃었을 것이다. 내가 충분히 예쁘다고 말하면서, 그 말을 진심으로 믿고 있는 나를 조롱했을 게다.

　친구들도 마찬가지이다. 함께 몰려다니며 수다를 떨고 군것질을 하러 다닐 땐 언제고, 내가 살이 찌고 보기 흉해지자 금세 내게서 등을 돌려 버리지 않았는가. 그러는 와중에도 내 성적이 오른 것에 대해 쑥덕거리며 질투를 하고 있을 게 뻔하다. 이런 나를 변함없이 사랑해 주는 사람은 역시나 엄마뿐이다. 문밖에서 엄마가 나를 지켜 주는 한, 그 무엇도 지나치리만큼 나빠지지는 못할 것이다. 나는 콧노래를 흥얼거리고 싶을 만큼 평온해졌다. 휴지통이 점점 묵직해진다.

　얼마만큼의 시간이 흘렀을까. 자물쇠 열리는 소리가 들려온다. 방문이 열린다. 엄마가 나타난다. 세상에서 제일 안쓰러운 우리 엄마. 나는 엄마를 와락 끌어안는다. 엄마의 외마디 비명과 함께 우리의 몸이 하나가 되어 쓰러진다. 비쩍 마른 엄마의 몸 위에서 내 살들이 출렁인다. 엄마는 무어라고 말을 하려 하지만 내 팔뚝에 파묻혀 입을 열지 못한다. 엄마가 내 몸 아래서 요동친다. 일어나고 싶어도 내 몸은 이미 혼자 설 수 없을 만큼 무거워져서 꿈쩍도 하지 않는다. 살들이 밀가루 반죽처럼 마룻바닥에 달라붙는다. 얼굴이 새파랗게 질린 엄마의 몸에서 차차 힘이 빠진다. 엄마의 몸은 작은 조각배, 나는 요람을 탄 아기처럼 그 위에 담겨 평화롭게 흔들린다. 나는 엄마의 귓가에 대고 속삭인다. 엄마, 사랑해요. 사랑해요. 정말로요.

전아리

요리를 하며 글을 쓰고 지냅니다. 하드보일드한 책을 좋아합니다. 말이 없는 편이고 사람이 많은 곳은 좋아하지 않습니다. 한가한 시간에는 미드를 보거나 친구들과 술을 마십니다.
제2회 세계청소년문학상과 디지털작가 대상 등을 수상하였고 출간한 책으로는 소설집 『즐거운 장난』과 장편소설 『앤』 『팬이야』 『직녀의 일기장』 『시계탑』 등이 있습니다.

읽고 나서

너는 그냥 너일 뿐

● **1. 소설 속 '그'와 '나'의 대화를 '나'의 입장이 되어 더 이어가 봅시다.**

그 : 넌 나중에 뭘 하고 싶어?

나 : 일단 엄마랑 상의를 해 봐야지.

그 : 엄마를 엄청 사랑하나 보네. 사랑보다 더 중요한 걸 선택해야 할 필요도 있어.

나 : 모르는 소리 하지 마. 우리 엄만 불쌍한 사람이야.

그 : 넌 엄마를 사랑하는 거니, 두려워하는 거니?

나 : 그게 무슨 소리야? 엄만 나 없으면 안 돼. 내가 조금만 더 잘하면 되는데…….

그 : 그러니까 엄마를 사랑한다는 거야, 두려워한다는 거야?

나 : _____
_____
_____
_____

2. 다음 감정 그래프에 '엄마'와 '나'의 위치를 표시해 봅시다. 또 '달콤한 것을 먹을 때의 나'는 어느 지점에 있을지도 표시해 봅시다.

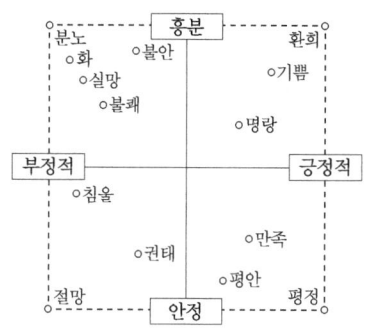

- 3. 부모님의 기대에 부응하거나 기분에 맞추기 위해 내 마음을 억누른 적이 있었나요? 생각나는 대로 적어 봅시다.

4. 진짜 내 모습을 찾기 위해서는 나와 가장 가까우면서 나와 가장 닮은 사람인 부모님이 어떤 사람인지 객관적인 시선으로 바라볼 수 있어야 합니다. 일상에서 한발 떨어져 여러분 부모님의 성격과 장단점, 닮고 싶은 점과 절대 닮고 싶지 않은 점을 적어 봅시다.

	아빠	엄마
기본 성격		
장점		
단점		
닮고 싶은 점		
닮고 싶지 않은 점		

5. '부모와 거리 두기'를 연습하지 않으면 우리는 영원히 어른이 되지 못할까요? 다음에 소개하는 이언 맥큐언의 소설 「벽장 속 남자와의 대화」 줄거리를 읽고 생각해 봅시다.

남자가 태어나기 전에 아버지가 죽자 어머니는 남자에게 집착한다. 엄마는 남자를 학교에 보내기는커녕 17살이 될 때까지 말도 가르치지 않고 스스로 대소변 가리는 것도 막고 턱받이를 해 주면서 수단과 방법을 가리지 않고 남자가 자라는 것을 막았다. 그런데 어머니는 새로운 애인이 생기자 아들에 대한 집착을 놓아 버린다. 엄마는 화장을 하고 데이트를 하러 나가고, 남자는 어두운 집에서 홀로 자기의 배설물 위에 드러누워 시간을 보낸다. 결국 남자는 요양원에 맡겨져 잃어버린 17년을 단번에 찾아야 하는 강제적 상황에 처하게 된다. 그곳에서 겨우 말과 글을 배우고 사회 적응 훈련을 받아 스물한 살이 되어 요양원을 나온 그는 사람들에게 온갖 놀림과 수모를 당하다 도둑질을 하고 감옥에 갇히는 일을 반복하는 괴로운 삶을 살게 된다. 사람들이 왜 엄마에게서 도망치지 않았냐고 묻자 남자는 다른 사람들이 자기를 어떻게 생각하는지 알기 전까지 자기는 전혀 불행하지 않았다고 말한다. 엄마가 모든 것을 준비해 놓은 세상에서 엄마가 떠먹여 주는 이유식을 그리워하던 남자는 스스로 벽장 속에 자신을 가두고, 벽장 속에서 나오기를 거부하며 다음과 같이 이야기한다.

"다시 한 살이 되고 싶어요. 안 되겠지만요. 알고 있습니다. 난 자유롭고 싶지 않아요. 그래서 길거리에 마주치는 아기들이 부럽습니다. 이불에 싸인 채 엄마 품에 꼭 안겨 돌아다니는 모습이. 나도 그러고 싶어요. 난 왜 그럴 수 없죠? 왜 나는 왔다갔다 일하러 가고 식사를 준비하고 살기 위해 수백

가지 일을 해야 합니까? 난 유모차에 타고 싶어요. 나는 늘 갇히고 싶어요. 작아지고 싶어요. 소음과 사람들로 둘러싸이는 게 싫습니다. 아무하고도 상관없이 어둠 속에 있고 싶어요."

6. 소설 속 '엄마'는 이미 정상을 벗어난 집착과 욕심으로 '나'를 통제하고 체벌합니다. 소설의 마지막 부분은 판타지로 처리되어 있지만, 실제 현실에서는 부모의 과도한 통제와 억압을 견디다 못해 끔찍한 사건이 발생하기도 합니다. 다음 글을 읽고 부모와 자녀 사이를 더욱 황폐하게 만드는 사회적 현실에 대해 생각해 봅시다.

지난주에 고3 수험생이 공부를 강요하는 어머니를 살해한 사건이 알려져서 우리를 경악하게 했다. 그는 시신을 어머니 방에 그대로 둔 채 8개월을 아무 일 없었던 듯 학교에 다니고 친구를 집에 데리고 오고 수능시험까지 치렀다고 한다. 언론은 어머니의 완벽주의와 성적에 대한 집착과 과도한 체벌, 충동 조절 못하는 요즘 아이들의 성향, 순탄하지 않은 부부관계, 자녀의 가능성을 보지 않고 오직 성적에만 집착하는 현상을 이야기했고, 공부에서 밀려나면 끝장이라는 일반적 인식, 부모 자식 간의 소통 부재, 그리고 패자부활전이 없는 무한경쟁 사회를 탓했다. 그런데 이 정도 이야기로 이 사건이 납득이 되는가?
범행을 한 지 군은 자기가 잘되라고 그랬던 어머니 마음을 이해하며, 아빠까지 자기를 버릴까 봐 두려워 말을 못했다고 한다. 죽고 싶다는 생각도 수차례 했지만 뻔뻔하게 살아있다는 말도 했다고 한다. 지 군의 고모는 지 군이 "엄마한테는 나밖에 없는데" 순간적으로 "엄마가 없어야 내가 산다"고 생각한 것 같다고 했다. 그는 정말 엄마를 죽였고 엄마가 죽었다는 것에 대한 감각을 가지고 있는 것일까? 엄마가 죽은 것이 아니라 옆방에 간섭하지 않고 조용히 계신다고 생각한 것이 아닐까? 모자 외에 아무도 없다고 생각하는 소년은 삶도 죽음도 초월한 어떤 시공간에서 살고 있었던 것 아닐까? 열여덟 살이 된 소년이 쉽게 가출을 생각하지 못할 정도의 공포 속에 살아가는 곳은 정상사회가 아니다. 얼마 전까지만 해도 아이들에게는 부모 외에도 도움을 받을 친척과 이웃과 선생님과 친구들이 있었다. 지금은 핵가족이 육아의 모든 것을 고스란히 맡아가야 하는 상황이다. 우리가 학교 무상급식 제도를 열렬하게 지지한 것도 실은 세상의 모든 아이들이 푸짐하게 한 끼 밥을 먹을 수 있고 부모와 반목하더라도 자신이 살아갈 환대의 장소가 있음을 일러주기 위함이었다. 이 사건은 원초적 가족관계를 성숙시켜낼 여타의 관계와 제도가 철저하게 붕괴한 사회의 일면을 보여준다. 이런 상황에서 모자관계는 자폐적이거나 도구적 관계로 변할 가능성이 아주 높아진다. 유일한 아군인 엄마와 단 둘이 참담한 전쟁을 치르다가 일어난 이 사건은 합리로 풀어낼 선을 넘어버린 광기사회가 만들어낸 구조적 산물인 것이다.

이런 극단 사태가 벌어졌을 때 우리 선조들은 굿을 하고 살풀이를 하고 위령제를 지냈다. 정성을 모아 기도를 하고 신탁을 기다렸다. 공동체 전체가 참회하고 서로를 위로하면서 인간다운 질서를 찾아가는 성찰과 결단의 시간을 가졌던 것이다. 대통령과 교육감과 교장과 교사, 대학 총장과 교수와 사교육계 종사자들, 세상의 모든 부모된 사람들이 모여 이 사건을 두고 모성 회복을 위한 위령제를 지내야 하지 않는가? 우리 모두가 '사회적 존재'로서의 감각을 회복하고 맑은 눈으로 세상을 보게 될 때 괴담 세상을 바꿀 수 있다.

조한혜정, 〈모성 괴담 사회〉(한겨레, 2011. 12. 1.) 중에서

사춘기여, 안녕

— 듀나

읽기 전에

　　시끌벅적, 와글와글, 우당탕 쿵탕. "너희들 대체 어떻게 이럴 수 있느냐?" 선생님이 푸념합니다. 그러자 학생들이 대답합니다. "질풍노도의 시기라서 그래요." 사춘기는 질주하는 폭풍, 무섭게 소용돌이치는 물결과도 같은 시기입니다. 사춘기가 되면 뇌는 새로운 자극을 원하고, 호르몬 분비도 달라져 몸과 마음 모두가 작은 일에도 격렬하게 반응하지요. 그래서 사춘기의 다른 이름은 갈등과 혼란, 불안과 긴장입니다. 어떤 사람은 사춘기를 겪는 것만큼 힘든 노동은 없다고 말하기도 해요.

　　만약 사춘기를 어른이 되는 데 드는 비용쯤으로만 생각한다면, 그런 비용쯤 한 방에 날려 버릴 단방약은 없을까요? 「사춘기여, 안녕」은 미래의 어느 시점, 사춘기를 시술로 없애 버린 세계를 상상하는 작품입니다. 사춘기가 사라지면 정말 우리 삶도 세상도 무균무때가 될까요? 사춘기의 갈등과 혼란은 사실 에너지의 다른 이름입니다. 사춘기 때는 인생에서 가장 헌신적이고 열정적일 수 있는 에너지 넘치는 시간이지요. 촛불 집회에서 가장 열정적인 목소리를 낸 이들도, 팬덤 문화에 열광적으로 빠져 든 이들도, 사랑에 목숨을 건 로미오와 줄리엣도 모두 십 대라는 걸 떠올려 보세요. 소설을 읽으며 사춘기의 진짜 의미를 생각해 봅시다.

◇◇◇

 올해 들어 네 번째였다. 내가 교장실에 끌려간 것은.
 이번에도 이유는 별 게 아니었다. 교실 계단을 내려가던 나는 실수로 옆에서 올라가던 여자아이를 툭 건드렸다. 아이는 중심을 잡기 위해 팔을 들었고 그러다 들고 있던 가방이 난간 너머로 날아갔다. 내 잘못이었다. 나는 미안하다고 사과를 했다. 여자아이는 괜찮다고 했다.
 정상적인 상황이었다면, 내가 정상적인 애였다면, 여기서 이야기는 끝났다. 하지만 나는 정상이 아니었고, 계단 주변에서 그 작은 충돌을 바라보던 아이들이 그 사실을 알고 있다는 사실을 알았고, 그 순간부터 나는 내가 동물원의 원숭이라도 된 것 같았다. 나는 고함을 지르고, 욕을 했고, 계단 주변을 돌아다니며 집어던지거나 걷어찰 수 있는 작은 물건을 찾았다.
 소동은 그것으로 끝이 났다. 더 이상 무언가를 할 시간도 없었다. 지나가던 상급생 세 명이 나를 저지했고 5분 뒤 나는 교장실 나무문을 보고 있었다.
 "왜 그랬니?"
 교장이 물었다.
 "화가 났어요."
 다른 어떤 대답이 가능했을까.

"그린이에게 사과할 거니?"

"네."

"별일 아니었으니 받아 줄 거다. 하지만 이런 일이 반복되면 곤란해. 방과 후 분노 관리 훈련은 계속 받니?"

"네, 일주일에 두 번 나가요."

"도움이 되는 거 같아?"

"아뇨."

"왜?"

"'코끼리를 생각하지 마.'라는 말을 계속 듣는 것 같아요. 나가자마자 화를 낼 핑계만 찾아요."

교장은 웃었다. 내 서툰 비유가 마음에 들어서였는지, 훈련의 무용성이 입증되어 흐뭇해서였는지, 난 모른다.

"언제까지 이렇게 화만 내며 살 수는 없어. 이 시기는 굉장히 중요한 때야. 다른 방법을 알아볼 생각은 없니?"

"왜 아니겠어요."

"아버지께서 계속 반대하셔?"

"네."

"언제 학부모 면담을 한번 갖자. 내가 다시 한 번 설득해 볼게. 이제 가도 좋아. 그린이랑 친구들에게 사과하는 거 잊지 말고."

나는 고개를 끄덕이고 일어났다. 문을 열고 나가려는데, 갑자기 질문이 떠올랐다. 나는 문을 열다 말고 교장에게 물었다.

"교장 선생님 때는 어떠셨나요? 이 시기요. 사춘기 때요."

"난장판이었지. 옛날 학교 영화 같았어."
"재미있었나요?"
"글쎄, 모르겠다. 그럴 수도 있지."
"요새 아이들이 손해 보고 있다고 생각하세요?"
교장은 얼굴을 찡그렸다.
"미쳤니?"

아빠는 화를 내지 않으려 했다. 훈련을 나보다 더 성실하게 받았던 아빠는 쥐어짜거나 집어던질 물건 없이도 마음을 진정시킬 수 있었다. 그러지 못했다면 실망했을 거다. 이 모든 소동의 책임이 누구에게 있는데.
"왜 조금만 더 참지 않았니. 너도 훈련을 받았잖아. 바로 내 옆에서."
"그냥 터지는 걸 어떻게 해."
"그래도 참아야지. 사춘기 핑계를 대지 마. 나도 다 겪어 봤어."
"하지만 아빠 때랑 다르잖아! 우리 학교에서 그만 걸 겪는 건 나뿐이라고!"
"왜 그걸 자랑스럽게 여기질 않는 거냐? 넌 아무런 시술도 없이 그 학교에 들어갔어. 지금까지 잘하고 있고."
"아냐, 난 잘하고 있지 않아! 잘하고 있다면 왜 교장실에 끌려가는 건데!"
나는 고함을 지르며 내 방으로 들어가 쾅 소리가 나도록 문을 세게 닫았다. 침대에 엎어져 주먹으로 매트리스를 때리는 동안, 나는 문득 아빠가 이 모든 소동에 흐뭇해하고 있을지도 모른다는 생각이 들었다. 나는 주먹질을 멈추었다. 이딴 걸로 아빠를 만족시키고 싶지 않았다.

아빠는 집을 나서기 전, 교장과 상대하기 위해 거울 앞에서 열심히 연습을 했다. 자유 의지, 존엄성, 선험적 권리와 같은 굵직굵직한 용어들이 등장하는 길고 비장한 연설이었다.

순진하게도 아빠는 교장이 학부모를 상대하는 데에 이력이 난 전문가라는 사실을 계산에 넣지 않고 있었다. 우리가 교장실에 들어간 뒤부터, 교장은 아빠가 연설할 기회를 조금도 주지 않았다. 교장이 이틀 전 소동을 가볍게 넘기고 내 학습 태도를 칭찬하자 아빠는 당황했다. 학교의 파시즘적인 억압을 공격하는 연설 초반 부분이 날아간 것이다. 그 틈을 노려 교장은 내가 더 잘할 수 있을 것이라며 시술 이야기를 슬쩍 꺼냈다. 아빠는 이 틈을 노려 버럭 고함을 질렀는데, 내 생각에 그건 교장이 던진 떡밥을 문 것에 불과했다.

"아까 내 아들이 충분히 잘하고 있다고 하셨잖습니까."

"하지만 그 정도로 만족하실 수 있으세요? 연우도 그 정도로 만족할까요? 지금의 핸디캡을 안고도 이 정도까지 왔다면, 연우는 지금보다 훨씬 잘할 수 있어요."

"핸디캡이라고요? 어떻게 정상인 게 핸디캡입니까? 우리도 어렸을 때는 다 연우 같지 않았습니까! 그때 우리가 비정상이었나요?

"시대가 바뀌면 기준도 달라집니다. 연우는 지금 정상이 아니에요. 우리 학교에서 시술을 받지 않은 유일한 학생이니까요. 이게 연우의 교우 관계와 학습 성취도에 어떤 영향을 끼치는지 아시잖아요."

"세상이 비정상인 겁니다. 어떻게 부모들이 아이들 뇌를 갈라 공부하는 기계로 만드는 세상이 정상입니까."

"그래요? 생각해 보죠. 30년 전만 해도 여자들은 한 달이 며칠 동안 생리에 시달리는 게 정상이었죠. 지금은 매달 먹는 에메네롤 한 알로 모든 고생이 끝납니다. 그럼 밖으로 나가서 길 가는 여자들에게 더 이상 에메네롤에 의지하지 말고 정상인이 되라고 외쳐 보시죠."

나는 속으로 웃었다. 에메네롤과 월경 이야기를 꺼내면 남자들은 할 말이 없다. 아빠라고 예외는 아니다.

"시술은 아이들을 좀비로 만들지 않아요."

교장은 그 틈을 노려 잽싸게 공격했다.

"오히려 반대입니다. 연우의 꿈과 가능성을 막는 온갖 방해물을 제거해 주는 거죠. 시술은 지능을 높여 주지도 않아요. 단지 아이들이 하고 싶은 것을 할 수 있게 돕는 거죠. 시술이 개발되기 이전엔 학교 수업에 집중하고 서너 시간 동안 숙제를 하는 아이는 의지력이 강한 소수였습니다. 하지만 지금 시술받은 아이들 모두에게 그건 당연한 일이죠. 아이들의 환경은 어떤가요? 시술이 보편화된 이후, 폭력 사건은 76퍼센트, 성폭행은 81퍼센트가 줄었습니다. 비속어와 욕설의 사용이 65퍼센트로 감소하는 대신 평균 사용 어휘는 176퍼센트가 늘었고요. 아이들은 더 빨리 배우고 더 능력 있는 직업인이 됩니다. 그건 중요하지 않나요? 요새 단순 노무직이 어디에 있습니까?"

"연우는 그런 것 없이도 잘할 수 있습니다. 그런 거 없다고 연우가 폭력 학생이거나 욕쟁이인 건 아니잖습니까. 저번 일도 사고였고요. 사과도 했다면서요."

"물론 연우는 불량 학생이 아닙니다. 하지만 왜 아닐까요? 그건 그동안 청소년 문화 자체가 바뀌었기 때문입니다. 연우가 불량 학생이 되고 싶어도 따를 문화가 없죠. 요새는 아무도 그런 걸 멋있다고 생각하지 않으니까요."

"하지만 청소년기는 중요한 시기입니다. 아무리 그게 불편하고 거북하다고 해서 호르몬이나 신경 전달 물질을 조작하는 것 따위로 그 귀중한 시기를 잃는다는 건……."

"네, 여드름, 혼전 임신, 학교 폭력, 집단 따돌림 같은 것들도 다 어른이 되기 위해 겪어야 하는 귀중한 것들이겠죠."

아빠는 설득되지 않았다. 그럴 거라고 생각했다. 교장도 아빠를 설득할 생각 따위는 없었을 거다. 아빠의 공격을 막고 자신의 정당성을 세우는 것으로 충분했다. 그다음엔 다른 계획이 있을 거다. 그런데 그게 뭘까?

아빠는 차를 모는 동안 툴툴거리면서 욕을 씹었다. 아빠가 어린 시절 썼던 욕과는 다른 것이었다. 아빠의 소설이나 시나리오에 나오는 욕도 당시 아이들이 했던 욕이 아니었다. 아빠는 지금의 독자들과 관객들의 감수성과 어휘 수준에 맞추어 욕을 발명하고 개량해야 했다. 그렇지 않으면 아빠의 주인공들은 틱 장애를 앓는 환자들처럼 보일 거다. 아빠가 그리는 시술 이전의 세계는 톨킨의 중간계처럼 판타지의 영역이었다.

 혹시 아빠는 정말로 그 시절이 그랬다고 믿는 게 아닐까. 그런 이야기를 쓰다 보니 자기가 만들어 낸 이야기가 사실이라고 믿는 게 아닐까. 내가 시술을 받지 않고 버티면 아빠가 쓴 이야기의 터프한 주인공들처럼 될 거라고 착각하고 있는 게 아닐까.

 우리는 옛날 교회 건물에 도착했다. 탑 위의 십자가를 떼어 내고 '전국 자유인 연합회'의 본부로 쓰고 있는 곳이었다. 이 교회의 마지막 목사였던 김준 아저씨와 아빠는 모임의 공동 우두머리였다. 몇십 년 전이면 두 사람은 상종도 하지 않았을 것이다. 아빠는 타협을 모르는 무신론자였고, 김준 아저씨 역시 자신의 신앙을 포기할 생각이 없었기 때문이었다. 하지만 정부와 사회가 사람들에게 시술을 강요하고 있다는 위기의식이 그들을 하나로 묶었다.

 우리가 여기서 하는 일들은 이곳이 교회였을 때와 크게 다르지 않았다. 김준 아저씨는 신 대신 자유와 자유 의지에 대한 연설을 했고, 자칭 자유인들의 간증도 있었다. 협회를 지속시키기 위해 모금도 했다. 가끔 아직도 남아 있는 교회의 분위기에 넘어가 666이나 기타 묵시록의 모호한 문장들을 시술과 연결하려는 사람들도 있었지만 그런 행위는 권장되지 않았다. 김준 아저씨는 목사를 그만둔 뒤에도 여전히 독실한 신자였지만 종교적 편향이 얼마나 쉽게 이 모임을 망가뜨릴 수 있는지 알았다. 아직도 많은 사람들은 '전자연'이 시술 개발 이후 급속도로 위축된 종교의 영향력을 되찾기 위해 만든 트로이의 목마에 불과하다고 믿었다. 김준 아저씨가 아빠를 끌어들인 것도 그 때문이었다.

아빠는 그날 저녁 김준 아저씨를 대신해서 연설을 했다. 아빠는 그날 교장실에서 있었던 일에 대해 이야기했고, 그때는 교장의 말과 태도에 넘어가 제대로 만들어 내지 못한 반박을 여기서 했다. 아빠는 자유인에 대한 정부의 억압이 점점 심해지고 있으며 곧 시술은 의무화가 되어 전 세계의 자유인들은 말살될 것이라고 주장했다.

이쯤 되면 열광적인 환호가 뒤따랐을 것 같다. 하지만 아니었다. 아빠는 그리 좋은 연사가 아니었다. 아빠의 목소리는 생기가 없었고 연설은 종종 방향을 잃었다. 그리고 아빠의 연설을 듣는 사람은 기껏해야 스무 명 정도에 불과했다. 그들은 모두 생업 때문에 피곤해 보였고 아빠의 연설에 집중할 기운이 남아 있지 않았다.

'시술이라도 받았다면 아빠 연설을 훨씬 잘 들어 주었을 텐데.'

갑자기 이런 생각이 머리를 스치고 지나갔다.

근처 쇼핑몰에서 그린이를 만났다. 전에는 몰랐지만 저번 사고 이후 나는 그 애의 이름과 얼굴은 안다. 먼저 아는 척을 한 건 그린이였다. 민망했지만 모른 척할 수 없었다. 내가 어색하게 손을 흔들자, 그 애는 나에게 다가왔다.

"여사님과 학부모 면담 있었다며. 어땠어?"

그린이가 물었다. 그 애는 지난 일에 어떤 감정도 갖고 있지 않은 것 같았다. 아마 나에게 부정적인 감정이 있었다고 해도 불필요하거나 무의미하다고 생각하고 지워 버렸을 것이다.

"그럭저럭."

내가 대답했다.

"시술 안 시켜 주신대?"

"응."

"그래도 잘할 수 있을 거야. 넌 지금까지 잘해 왔잖아."

"힘들어."

"그건 어떤 기분이야? 하고 싶은 걸 하기 싫은 거 말이야. 그러니까, 넌 수학을 좋아하고 잘하고 싶잖아. 하지만 종종 공부하기 싫어 미칠 지경이라며. 그게 어떻게 가능해? 어떻게 좋은 게 싫은 거야?"

"나도 몰라. 그냥 가끔 집중이 안 돼. 자전거로 비포장길을 달리는 거 같아. 앞으로 가고 싶어도 길이 울퉁불퉁해서 가끔 멈추어야 하고, 가끔 장애물이 길을 막아서 치워야 하고. 그러다 보면 자전거 같은 건 포기하고 다른 거 하고 싶고."

"그게 좋을 때도 있어?"

"왜 그걸 나에게 물어? 옛날 소설이나 읽어. 도스토옙스키 같은 거. 책에 더 잘 나와 있는데."

"도스토옙스키는 대답을 안 해 주잖아."

그린이는 말을 끊었다. 더 이상 이야기를 끌다간 다시 내 신경을 건드릴 게 뻔하다고 생각한 모양이다. 그리고 그건 옳았다. 나는 그 아이에게 기형아로 사는 것이 어떤지 알려 주는 가이드 노릇을 할 생각이 없었다.

나는 쇼핑몰에서 나와 계속 걸었다. 그러는 동안 나는 내 생각이 방향 없이 흐르도록 내버려 두었다. 나는 도스토옙스키와 라스콜리니코

프에 대해서 생각했고 시술의 시조였던 범죄자 행동 교정 치료에 대해 생각했다. 나는 애완동물에서부터 전과자들에 이르기까지 시술의 도움을 받는 모든 생명체들에 대해 생각했다. 그리고 지금 교도소에 들어가 있는 직업 범죄자들의 70퍼센트 이상이 기독교 신자라는 아이러니에 대해서도 생각했다. 나는 아빠의 논리에 대해 생각했고 교장의 논리에 대해서 생각했다. 그리고 마지막으로 나에게 무슨 논리가 있는지 생각했다.

나는 마침내 결론을 내렸다. 밤 8시가 조금 지나 있었다. 이런 생각을 하면서 거의 다섯 시간을 걸었던 것이다. 나는 셀을 켜고 교장의 셀에 접속했다. 교장이 응답을 하자 나는 인사도 하지 않고 잽싸게 말했다.

"선생님, 도와주세요."

내가 그 뒤에 저지른 일은 내가 아빠에게 가할 수 있는 최악의 폭력이었다. 나는 청소년 보호법을 내세워 아빠를 고소했다. 나는 아빠가 자신의 종교적 믿음 때문에 나에게서 제대로 교육받고 정상적인 사회생활을 누릴 수 있는 권리를 박탈했다고 주장했다. 나는 내가 늦기 전에 시술을 받아 잠재성을 최대한으로 발휘할 권리가 있다고 주장했다.

재판은 뉴스거리였다. 이것은 더 이상 아빠와 나 둘만의 일이 아니었다. 이것은 시술 의무화로 가는 길을 막는 마지막 장애물을 제거하는 과정이었다.

아빠와 김준 아저씨는 최선을 다했지만 성과는 하찮았다. 아빠는 자신이 무신론자라고 선언했지만 우리 측 변호사는 자유 의지에 대한 아빠의 맹목적인 믿음이 종교와 아무런 차이가 없음을 증명했다. 우리는 소위 정상인으로 남아 있는 것 때문에 나와 같은 입장의 아이들이 얼마나 고통을 겪는지도 증명했다. 나에게 스스로의 정신과 육체를 지킬 수 있는 권리가 있다는 사실을 증명하는 것은 더 쉬웠다. 내가 이긴 건 당연한 결과였다. 하긴 시술받지 않은 자유인 변호사를 고용해 여기까지 끈 것 자체만으로도 대단한 것인지도 모르지.

시술을 받는 날 아침, 나는 아빠와 만났다. 재판 기간 동안 나는 교장이 마련해 준 청소년 기숙사에서 지내고 있었다. 감시 카메라와 기계 보초가 곳곳에 서 있는 면회 장소는 은근히 감옥처럼 보였다.
"끝나면 집에 돌아올 거니?"
아빠가 물었다.
"응. 그러려고 하는데."
"잘됐네."
"아빠는 잘 지내?"
"잘 못 지내지. 네가 김준 아저씨랑 나를 어떻게 망쳐 놨는지 아니? '전자연'이 어떻게 되었는지 알아? 이 가룟 유다 같은 녀석아."
"웬 성서 인용? 그리고 아빠도 그게 얼마 가지 않을 거라는 걸 알았잖아. 일 때문에 피곤한 사람들을 일주일에 한 번씩 교회에 잡아 두고 뭐하는 짓이야? '전자연'이 없어졌으니 그 사람들도 저녁엔 좀 쉬겠지. 이제 눈치 안 보고 시술을 받을 수도 있고."

"그 잘난 시술을 받으면 인생이 다 풀릴 것 같냐? 넌 지금 네가 무얼 놓치고 있는지 몰라."

"아빠도 내가 무엇을 얻는 건지 모르는 건 마찬가지잖아."

아빠는 얼굴을 찌푸렸다.

"넌 벌써부터 그 망할 시술을 받은 것처럼 말하는구나."

시술은 간단했다. 예전에는 두개골에 구멍을 내야만 했지만 기술의 발전으로, 지금은 척추에 주사 다섯 대를 맞는 것으로 충분했다. 단지 주사액과 함께 들어간 나노봇들이 내 뇌 안으로 들어가 자리를 잡을 때까지 일주일 정도의 시간이 필요했다.

내 머릿속에 들어간 나노봇은 최신식이었고 나는 그 시술을 받은 환자들 중 가장 나이가 많았기 때문에, 꼼꼼한 관리를 받았다. 나는 하루에 두 번 정신 검사를 받았는데, 그중 일부는 모르는 사람이 봤다면 미친 짓처럼 보였을 것이다. 예를 들어 가공의 동물 사진을 보여 주며 그 동물의 웃음소리를 흉내 내라는 요구를 어떻게 해석할 수 있을까. 물론 나는 지금 그 테스트의 의미가 무엇인지 잘 알고 있지만.

그러는 동안 나는 내 뇌에서 어떤 일들이 벌어지는지 인식하고 있었다. 가장 먼저 찾아온 것은 사고의 명료화였다. 이건 마치 옛날 흑백 필름 영화가 고해상도 디지털 이미지로 옮겨지는 것과 같은 느낌이었다. 생각은 훨씬 빨리 정리가 되었고 언어 이해력도 빨라졌다. 그리고 그를 통해 얻은 여분의 시간 동안 나는 다른 생각들을 만들어 냈다.

더 놀라운 건 나에게 새로 부여된 의지였다. 내적 갈등은 여전히 남아 있었다. 하지만 나는 이를 훨씬 쉽게 극복할 수 있었다. 예를 들어 나는 여전히 '오늘 같은 화창한 날에는 놀러 갔으면 정말 좋겠다.'라고 생각할 수 있었다. 하지만 나는 아무런 노력을 기울이지 않고 이 생각을 달콤한 환상으로 밀어 넣은 뒤 숙제에 집중할 수 있었다.

그리고 지금까지 이건 내 주변 아이들에게 당연한 일이었던 것이다. 그들이 나를 동물원 원숭이처럼 본 것도 이해가 됐다.

한 달 뒤, 나는 집으로 돌아왔다. 아빠는 여전히 새 영화 시나리오 작업 중이었다. 이번 재판 이후, 자칭 자유인의 입지는 더욱 좁아졌지만 아빠의 일감이 떨어질 걱정은 없었다. 사람들은 여전히 시술 이전의 이야기를 즐겼다. 그들은 아빠의 작품을 동물 다큐멘터리나 서커스처럼 소비했다. 그들이 직접 겪을 필요 없는 야만의 스펙터클.

나는 짐을 내려놓고 저녁을 준비했다. 부엌을 보아하니 그동안 아빠가 무엇을 먹었는지 알 만했다. 나는 사방에 버려져 있는 패스트푸드 포장과 깡통을 치우고 시장에서 사 온 채소와 단백질 큐브로 간단한 저녁 요리를 만들었다.

아빠는 투덜거리면서 내가 만든 음식을 먹었다. 아빠는 이 요리의 이름이 뭐냐고 물었고 척 봐도 병원 냄새가 나는 건강식이라고 쏘아붙였다. 아빠는 먹는 동안 거의 고함을 질러 대며 새로 쓰는 시나리오 이야기를 했는데, 거기에 나오는 악당 둘이 교장과 나를 모델로 했고, 그걸로 나를 자극하려 한다는 게 너무 뻔해서 오히려 웃음이 나왔다. 내가 반응하지 않자 아빠는 심술이 나서 자기 방으로 들어가 문을 쾅 닫

왔다.

아빠와 같이 사는 동안, 나는 앞으로도 이런 일을 계속 참고 버텨야 할 것이다. 이해해 주어야지. 이 집에 살고 있는 남자들 중 한 명은 인류 최후의 사춘기를 겪고 있으니까.

듀나

학교 졸업한 뒤로 단 한 번도 자기 소개서 같은 걸 써 본 적이 없고, 학교에서 과제로 할 때에도 도대체 무슨 이야기를 써야 할 지 몰라 먹먹했고, 지금 역시 쓸 수 있는 건 오로지 다른 사람들의 이야기이고, 세상에서 가장 신기한 사람은 자서전 작가이고, 얼마 전에 이외수 선생이 날린 'A4 한 장 분량의 자소서조차 변변하게 작성치 못하는 실력'이라는 트윗에 움찔했으며, 결국 여기서도 할 수 있는 건 지금까지 낸 책의 제목을 열거하는 것뿐. 그리고 모 인터넷 서점에 따르면 그 리스트는 다음과 같음.
『사이버펑크』(공저) 『나비전쟁』 『면세구역』 『스크린 앞에서 투덜대기』 『태평양 횡단 특급』 『상상』(공저) 『필름 셰익스피어』(공저) 『대리전』 『잃어버린 개념을 찾아서-10대를 위한 SF 단편집, 창비청소년문학 5』(공저) 『용의 이』 『U, ROBOT』(공저) 『브로콜리 평원의 혈투』 『제저벨』

읽고나서

방황이 필요한 시간

● 1. 다음은 주인공 '나'와 아빠가 나눈 대화입니다. 이 대화에서 아빠가 말하는 '놓치는 것'과 주인공이 말하는 '얻는 것'은 각각 무엇일지 생각해 봅시다.

"그 잘난 시술을 받으면 인생이 다 풀릴 것 같냐? 넌 지금 네가 무얼 놓치고 있는지 몰라."
"아빠도 내가 무엇을 얻는 건지 모르는 건 마찬가지잖아."

놓치는 것	얻는 것

2. 아빠는 교장 선생님과 만난 날 자유인 연합에 가서 사람들에게 시술을 반대하는 강연을 합니다. 어떤 내용이었을까요? 다음과 같은 제목으로 아빠의 강연 연설문을 한번 만들어 봅시다.

우리 아이들에게 '사춘기'를 잃게 할 수는 없습니다.

3. 이 소설에 등장하는 주인공은 학교에서 '부적응아'로 '분노 관리 훈련'을 받고 있습니다. 여러분 자신을 부적응아라고 느낀 적이 있나요? 언제, 무엇 때문이었나요?

4. 여러분도 주인공처럼 시술을 받고 싶다는 생각을 해 본 적이 있나요? 이 소설에 나오는 것과 같은 시술이 가능하다면 어떤 시술을 받아 어떻게 바뀌고 싶은지 구체적으로 말해 봅시다.

5. 멀게는 베토벤도 율곡 이이도, 가까이는 버락 오바마나 스티브 잡스도 십 대 시절에는 집을 나가거나 일탈 행동을 하는 등 많은 방황을 했다고 합니다. "인간은 노력하는 한 방황하게 되어있다."라는 괴테의 말을 실마리 삼아 어떻게 살아야 할지 혼란과 불안감을 느끼는 나 스스로에게 위로의 편지를 써 봅시다.

6. 다음은 올더스 헉슬리의 소설 『멋진 신세계』의 일부입니다. 대화 속에서 야만인이 총통에게 "나의 '추하고 오래된 세계'는 당신의 '멋진 신세계'보다 아름답다."라고 주장하는 까닭은 무엇인지 생각해 봅시다.

"전쟁이 일어나는 곳, 충성심이 둘로 갈라지는 곳, 저항하고 싶은 욕망이 생기는 곳, 싸워서 얻거나 지켜야 할 사랑의 대상이 있는 곳―그러한 곳이라야 고상함이나 영웅이 약간은 의미가 있네. 하지만 현재는 전쟁이 일어나지 않고 있단 말일세. 어떤 사람이 어떤 사람을 지나치게 사랑하는 일이 발생하지 않도록 우리는 최대의 신경을 쓰고 있네. 어느 쪽에 충성을 맹세할 것인가 하는 문제는 일어나지 않고 있어. 사람들은 철저하게 행동조절을 받았기 때문에 자기들이 해야 할 일을 하지 않을 수 없게 되어 있단 말일세. 그리고 해야 할 일이라는 것은 대체로 매우 유쾌하고 여러 가지 자연적인 충동은 대부분 만족되기 때문에 저항하고 싶은 욕망이 발생하지 않아. 만일 불행히도 어떤 불유쾌한 일이 발생한다면 그런 불행한 사태로부터 벗어나게 해 줄 '소마'가 항상 준비되어 있네. 분노를 진정시키고 적과 화해시키고, 인내하고 고통을 참도록 하는 소마가 있다 이 말이야. 옛날에는 대단히 어려운 노력을 거치고 오랜 수양을 쌓아야 겨우 이런 것들을 얻을 수 있었지. 그런데 지금은 반 그램짜리 알약 두세 알만 삼키면 만사가 해결된단 말일세. 이제 누구나 군자가 될 수 있다네. 그러니까 병 속에다 도덕성을 넣어가지고 어디든지 다닐 수 있다는 이야기야. 참회의 눈물을 흘리지 않고도 기독교 정신을 터득하는 것―그것이 소마의 본질일세."
"하지만 눈물은 필요한 것입니다. 오셀로의 말을 기억하시죠? '만일 폭풍이

지난 후 이러한 평온이 찾아오는 것이라면 죽은 사람이 놀라 눈을 뜰 때까지 바람이 불기를'이라는 대목 말입니다. 늙은 인디언이 나에게 늘 들려주던 맛사키의 소녀에 관한 이야기가 하나 있습니다. 이 소녀와 결혼하고 싶은 청년들은 소녀의 집 정원에서 한나절 동안 호미질을 해야 했습니다. 이것은 손쉬운 일 같았지만 뜰에는 마법의 파리와 모기들이 있었습니다. 그래서 대부분의 청년들은 물리고 찔리는 아픔을 참지 못했지만, 참고 견딘 청년이 있어서 그 소녀를 손에 넣었다는 이야기입니다."

"참으로 멋있는 이야기야! 하지만 문명국에서는," 총통이 말했다. "여기서는 호미질을 하지 않고도 여자를 얻을 수 있네. 또한 물어뜯을 파리도 모기도 없어. 벌써 몇 세기 전에 그것들을 박멸해 버렸으니까."

"제거해 버렸다고 말씀하셨죠. 당신네들이니까 그런 일을 했겠죠. 불유쾌한 것을 참는 것을 배우는 대신에 제거해 버린다는 거죠. 잔혹한 운명의 돌팔매질과 화살을 맞으며 참는 것과 고통의 바다에 대항하여 무기를 들고 그것을 막으려고 하는 것 중에 어느 것이 더 나은 일일까요. 하지만 당신은 두 가지 일을 다 하지 않습니다. 참지도 않고 저항하지도 않습니다. 당신은 돌팔매질과 활을 없애버릴 뿐이죠. 그렇게 되면 인생은 너무나 쉬운 것이 되고 맙니다."

"당신네들에게 필요한 것은," 야만인이 계속했다. "눈물과 더불어 그 무엇을 받아들일 필요가 있다는 사실입니다. 이 사회에는 가치 있는 것은 아무것도 없습니다."

"1250만 달러야."

헨리 포스터는 야만인의 말에 이의를 제기했다.

"1250만 달러, 이것이 행동조절국의 가치다. 1센트도 에누리할 수 없지."

"운명을 죽음과 위험 속에 던지면서도 얻는 것은 하나의 달걀껍질 정도의 것일 뿐. 그 안에서 과연 아무 가치도 없을까요?" 그는 무스타파 몬드를 쳐다보면서 물었다.

"신과는 아주 동떨어져서, 물론 신은 정당한 이유가 있겠지만, 위험 속에 산다는 것은 하등의 가치도 없는 일이 아닐까요?"

"많은 가치가 있어." 총통은 대답했다. "남자나 여자나 가끔 아드레날린을 자극시켜야만 하지. 우리는 V.P.S.를 의무화하고 있네."

"뭐라고요?" 야만인이 이해가 안 간다는 듯이 질문했다.

"격정 대용 치료법이지. 한 달에 한 번씩 모두에게 아드레날린을 공급해주지. 그건 공포와 분노에 대한 완전한 생리학적 동등물이야. 데스데모나를 살해한다거나 오셀로에게 살해당한다든가 그런 걸 할 필요 없이 모든 것을 보강하는 효과가 있고 하등의 불편도 없네."

"하지만 저는 불편한 것을 좋아합니다."

"우리는 그렇지 않아." 총통이 말했다.

"우리는 일을 편하게 하는 것을 더 좋아하네."

"하지만 저는 안락을 원치 않습니다. 저는 신을 원합니다. 시를 원하고, 현실적인 위험을 원하고, 자유를 원하고, 선을 원합니다. 저는 죄를 원합니다."

"그러니까 자네는 불행해질 권리를 요구하고 있군 그래."

"그렇게 말씀하셔도 좋습니다." 야만인은 반항적으로 말했다. "불행해질 권리를 요구합니다."

"그렇다면 말할 것도 없이 나이를 먹어 추하고 무능해질 권리, 매독과 암에 걸릴 권리, 굶어 죽을 권리, 이가 들끓을 권리, 내일 무슨 일이 일어날지 몰라서 끊임없이 불안에 떨 권리, 장티푸스에 걸릴 권리, 말할 수 없는 온갖 고통에 시달릴 권리도 요구하겠지?"

긴 침묵이 흘렀다.

"저는 그 모든 것을 요구합니다." 야만인이 마침내 입을 열었다.

올더스 헉슬리, 『멋진 신세계』 중에서